KB063903

퇴고의 힘

퇴고의 힘

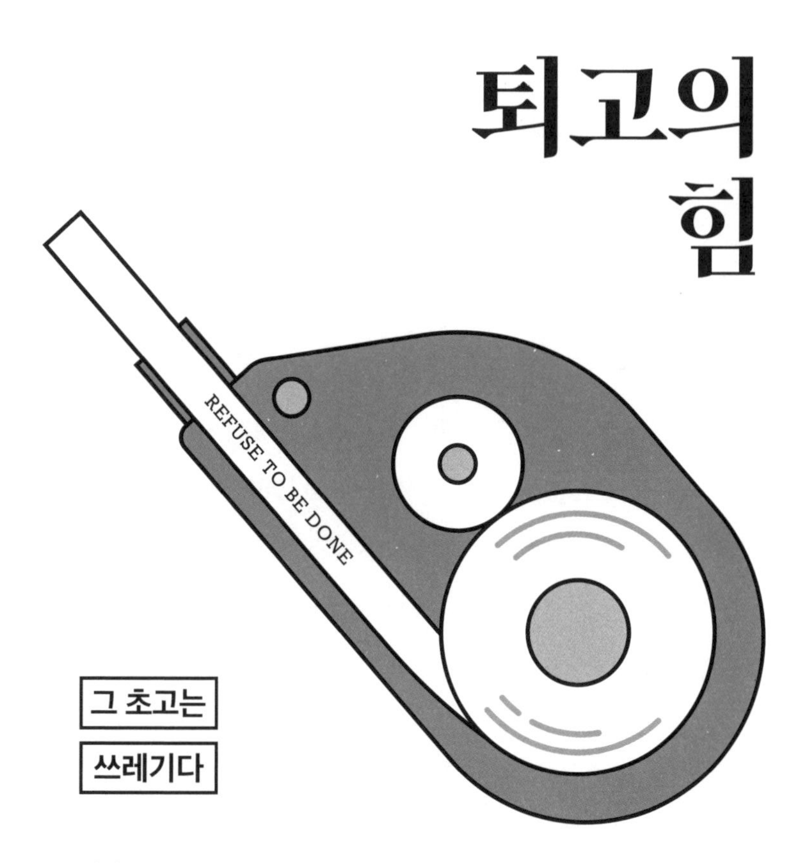

그 초고는

쓰레기다

맷 벨 지음
김민수 옮김

내 글이 작품이 되는 법

윌북

추천의 글

원고 작업이란 성능이 의심되는 나침반 하나에 의지한 채 벌판을 거니는 일과 같다. 몇 권의 책을 출간하였다 한들 초고는 막막하며 퇴고는 고통스럽다. 쓰는 사람은 지평선 너머의 결말을 좇다 수시로 불안과 자괴의 늪에 굴러떨어지고 만다.

이 책은 그 고된 여정을 돌파하도록 돕는 일종의 안내 데스크다. 내가 처음 글을 쓰면서 배웠던 것, 계속 쓰면서 체득한 것, 그리고 미처 생각지 못했던 요령까지 전부 들어 있다. 이 친절한 책이 책상 한편에 놓여 있는 것만으로 나는 어떤 안도감을 느낀다. 길고 긴 여정의 든든한 동지를 얻은 기분이다. 백지와 활자 사이에서 길을 잃었다면 망설이지 말고 집어 들길. 소설을 쓰는 모두에게 가장 간결하고도 명확한 안내자가 되어줄 것이다.

조예은

(『칵테일, 러브, 좀비』, 『트로피컬 나이트』 저자)

영감은 집중력과 기술 그리고 수정, 수정, 수정에서 나온다는 사실을 제대로 일깨워준다. 작가라면 알아야 할 멋진 표현과 실용적인 조언으로 가득한 이 작법서는 무엇을 쓸 것인가에서부터 언제 어떻게 쓸 것인가까지 소설 창작의 전 과정을 다룬다. 저자는 훌륭한 소설가로서 쌓아온 자신의 역량을 이 책에서 십분 발휘한다. 글을 쓰는 사람 중에 이 책을 곁에 두고 싶지 않을 사람이 있을까? 나는 아무래도 상상이 안 된다.

벤자민 드레이어

(뉴욕타임스 베스트셀러 『교정이 필요없는 영어 글쓰기』 저자)

대문호 밀란 쿤데라부터 SF 판타지 거장 어슐러 K. 르 귄에 이르기까지 수많은 위대한 작가의 지혜 위에 저자 본인의 경험과 시행착오를 더했다. 소설 쓰기라는 경이로운 곤경에 처한 이들에게 가장 쉽고 명쾌한 길잡이가 되어줄 것이다. 어제만 해도 내 학생들 손에 들려 있길 바랐던 책이 이제 내 손에 들려 있다. 고마운 일이다.

레베카 마카이

(퓰리처상 최종 후보작 『위대한 신도들The Great Believers』 저자)

소설 작법의 본질을 담은 열정적인 안내서. 소설을 쓰는 모든 과정이 결국 발견의 과정임을 알려준다. 저자는 수정을 거듭하고 작품 고유의 소리에 귀 기울이며 글을 써나갈 수 있도록 돕고 공식에만 의존하지 않고 이것을 해낼 수 있는 구체적인 방법을 제시한다. 초보 작가도 베테랑 작가도 누구나 반길 선물 같은 책이다.

데이나 스피오타

(전미도서상 최종 후보작 『스톤 아라비아Stone Arabia』 저자)

나는 아직도 소설을 쓰고 고치는 작업이 벅차다. '최종' 파일만 수십 수백 개 만들지 않으려면 어떻게 해야 할까? 각고의 노력을 기울인 초고에 신경을 끄고 덤덤해지려면 어떻게 해야 할까? 많은 기술을 이야기하는 이 책도 결국 그 기술의 결과물이다. 경험이 많든 적든 글을 쓰는 모두를 위한 필독서다.

알렉산더 지

(존 위팅 어워드 수상작 『자전소설 쓰는 법』 저자)

이 책은 운동으로 치면 크로스핏이다. 여러 동작으로 여러 군데를 단련할 수 있는 운동. 어떤 글을 쓸지에 대한 판단, 끌고 나가는 힘, 필수 중 필수인 수정 기술까지 한꺼번에 배울 수 있다. 탈고라는 목표를 향해 달리기 시작한 작가에게 반드시 필요할 것이다.

코트니 마움

(미국 공영 라디오 NPR 선정 도서 『터치Touch』 저자)

단순한 작법서가 아니라 소설가가 되는 법, 자신의 책이 서점이나 도서관 서가에 꽂혀 있는 진짜 소설가처럼 생각하는 법을 알려주는 책이다. 일례로 소설 창작 수업에서 우린 종종 가장 애착이 가는 구절을 직접 지우라는 말을 듣곤 한다. 하지만 맷 벨은 그 구절이 어울리지 않는 자리에서 스스로 벗어날 수 있도록 쓰는 법을 알려준다. 경력을 불문하고 소설을 바라보는 새로운 시각이 필요한 모든 작가가 곁에 두어야 할 책이다.

토드 골드버그

(스트랜드 크리틱상 후보작 『갱스터랜드Gangsterland』 저자)

앤 발렌티, 칼리스타, 부첸, 더스틴 호프먼,
그레고리 하워드, 조셉 스카펠라토에게
감사를 담아

서문

이야기가 작품이 되려면
세 번의 원고가 필요하다

"나는 소설을 쓰고 있어."

"책을 쓰는 중이야."

이렇게 소리 내어 말해보시라. 어서! 여러 번 반복해도 좋다. 지금 이 순간, 당신이 소설을 쓰는 어느 단계에 있든 (수많은 문장과 씨름하는 중이든, 아직 한 단어도 쓰지 못한 상태든) 반드시 말해야 한다. 스스로 소설을, 책을 쓰고 있음을 계속해서 상기해보는 것이다. 별것 아니라고 생각해서도, 애매하게 얼버무려서도 안 된다. 이 말을 하지 않으려 빠져나갈 구실을 찾지도 말라.

혼잣말이라도, 아주 나지막이 속삭이는 정도라 해도 괜찮다. **나는 소설을 쓰고 있다**. 한번도 이런 말을 해본 적이 없다면, 이 말을 입 밖으로 내뱉고 기분이 좋아졌길 바란다. 이런 말을 수년째 해오고 있다면, 이미 오랜 시간을 바쳐왔을 이 일을 포기하지 않겠다는 각오를 새롭게 다지는 계기가 되었길 바란다.

소설을 쓰려고 책상에 앉아 있는 동안 당신은 정확히 무슨 일을 하는가? 독자의 마음을 사로잡는 이야기를 만들거나 근사한 캐릭터를 실감 나게 묘사하는 일에 집중하는가? 복잡하게 뒤얽힌 미스터리를 짜거나 아무도 가보지 못한 새로운 세계를 창조하는가? 아니면 가족 서사를 파고들거나 특정 인물의 의식 속에서 일어나는 사고의 흐름을 최대한 정확하게 포착하기 위해 심혈을 기울이는가? 목표가 무엇이든 그 목표 하나만으로는 소설을 완성할 수 없다. 그 목표에만 매몰되어서는 백지에서 완성된 원고가 나오기까지 실제로 작가가 해야 하는 일을 제대로 살필 수 없다.

이 책은 그 공백을 메워보려는 시도다. 나는 현직 작가들의 집필 노하우를 바탕으로 당신이 어느 과정에 있건 좌절하지 않고 소설을 완성해나갈 수 있는 가이드를 제시하려 한다.

SF 문학의 거장 새뮤얼 딜레이니는 언젠가 이런 말을 했다. "내 작업의 거의 90퍼센트는 퇴고다." 나도 다르지 않다. 물론 그만큼의 시간을 쏟아붓겠다고 매번 의식했던 건 아니다. 학창 시절에도 마찬가지였다. 몇 년 동안 소설 창작 수업을 들었는데 대부분 학기가 끝날 무렵이면 그동안 받은 피드백을 반영하여 수정한 원고를 제출해야 했다. 하지만 선생님 대부분이 원고를 수정해오라고 했지 **원고를 어떻게 수정해야 하는지**는 가르쳐주지 않았다.

전략이란 게 없던 당시의 나로서는 이야기를 발전시키기 위해서 그저 반복에 의존할 수밖에 없었다. 고치고 고치고 또 고쳤다는 소리다. 종이 위를 온통 빨간 펜으로 덧칠하고 나서 모니터 앞에 앉아 그 많은 수정 사항을 화면에 옮겨 적었지만, 그렇게 고치는 게 반드시 더 나을 거라는 확신은 당연히 없었다.

요즘 나는 시간을 충분히 갖고 악착같이 달라붙어서 쓰레기 같은 내 초고를 붙잡고 늘어지곤 한다. 그러다 보면 어느 순간 내 글이 꽤 만족스럽게 느껴지는 순간이 오는데, 그 후에 친절한 편집자들의 도움을 받아 잡지나 책으로 출간하게 될 만한 이야기로 거듭나게 된다. 그러나 처음 장편소설을 쓸 때는 좀 달랐다. 300여 쪽에 이르는 장편의 초고를 고치는 건 단편을 고치는 것과는 비교도 할 수 없을 만큼 힘들었기 때문이다. 설령 그 첫 장편의 초고가 평소보다 꽤 잘 쓴 작품이었다 하더라도 퇴고 과정이 힘든 건 마찬가지였을 것이다.

몇 년에 걸쳐 굳어진 확신인데, 퇴고를 거치지 않고 잘 쓴 글은 거의 없다. 번득였던 최초의 영감을 최대한 살리기만 하면 원하는 글이 나온다는 생각은 착각이다. 물론 그렇게 할 수만 있다면 행복하겠지만. 게다가 이제 막 가능성이 보이기 시작하는 원고를 매일매일, 시시각각, 느릿느릿, 그러면서도 꾸준히 발전시켜서 자신이 상상했던 이상적인 원고에 가까워지도록 만드는 데는 많은 시간이 든다. 한번에 되는 일도 아니라 매일 조금씩 나아갈 수밖에 없다. 이 책은 퇴고에 관한 책이지만, 소설을 쓰기 위한 단계별 길잡이기도 하다. 이 책에서 나는 3장에 걸쳐 내가 '세 개의 원고'라 부르는 소설 작법 단계를 순차적으로 설명할 것이다.

이 책을 읽는 당신 앞에는 커서만 깜빡이는 하얀 화면이 켜져 있을 수도 있고, 쓰다 만 초고의 일부가 있을 수도 있다. 어느 경우가 됐건 1장 '초고'에서는 **수정을 통해 이야기를 만드는 단계**를 연습할 수 있다. 이것도 일종의 퇴고로, 꾸준히 쓰고 다듬어 초고를 완성할 때까지 도움을 준다. 기본적으로 첫 번째 원고 작업에서는 이야기를 지속시키고 확장하는 방법은 물론이고 작가라면 누구나 맞닥뜨리는 장애물과 좌절을 딛고 일어서는 방법을 소개할 것인데, 여기에서 강조하고 싶은 건 탐색적이고 유기적이며 무엇보다도 위트 있는 접근이다. 이러한 접근이 소설의 초고를 쓰는 유일한 방법은 아니지만 내가 아는 한 가장 즐거운 방법이다.

첫 소설의 초고를 마무리할 때만 해도 그렇게 많은 분량을 한꺼번에 고치려면 어디서부터 어떻게 손을 대야 하는지 알 수가 없었다. 글은 너무 장황했고, 내게 남은 건 대략적인 줄거리뿐이었기에 어떻게 완성도를 높이고 더 짜임새 있게 구성해 두 번째 원고로 발전시켜야 할지 오랫동안 고민에 고민을 거듭했다. 그 과정에서 발견한 방법들을 2장 '개고'에서 소개할 것이다. 나는 이 두 번째 원고 작업을 **수정을 통해 이야기를 재구성하는 단계**라 부르는데, 두 번째 원고를 쓰는 동안 이야기의 효과를 극대화하기 위해 극적인 내용을 어떻게 재구성하고 어떻게 고쳐 쓸지 굵직한 결정을 내려야 하기 때문이다. 가장 큰 방향 전환이 이루어져 여러모로 힘든 단계다. 하지만 이 단계를 제대로 해낸다면 엄청난 성취감을 맛볼 수 있다. 줄거리가 가장 많이 개선되어 **원고가 비로소 책으로 바뀌기 시작하는 단계**이기 때문이다.

마지막으로 3장 '퇴고'에서는 '최종'본으로 가기 위해 필요한 방법을 다양한 각도에서 소개할 것이다. 이 단계에서는 서사 구조와 줄거리가 짜임새 있어지고, 지엽적인 문제들도 해결되어 재미있는 결과물이 나와야 한다. 말하자면 **수정을 통해 이야기를 다듬는 단계**라고 할 수 있다. 물론 이 단계에서도 극적인 변화를 끌어내기 위한 문은 열려 있다.

눈치챘겠지만 첫 번째 원고, 두 번째 원고, 세 번째 원고라는 구조에는 나름의 체계가 있다. 더 쉽게 이해하려면 '원고'라는 말을 '단계'로 바꿔봐도 좋다. 당신은 한 단계에 오래 머물 수도 있고 어떤 단계는 수월하게 넘어갈 수도 있다. 언제든 이전 단계로 돌아갈 수도, 필요하다면 한 단계를 두 번, 세 번 반복할 수도 있다. 충분히 능숙해지면 각 단계에서 쓰는 방법을 동시에 사용할 수도 있다. 따라서 이 책을 읽는 올바른 방법 같은 건 따로 없다. 백지부터 시작하는 사람도 마찬가지다. 이 책을 순서대로 읽어나가도 좋고, 순서에 상관없이 필요한 단계부터 시도해도 좋다. 저자인 내가 아닌 본인의 스텝에 맞추기만 하면 된다.

도움이 되는 것만 받아들이길

앞에서 말했듯이 이 책은 내 작업 과정을 모델로 삼았다. 그러다 보니 여러 면에서 부득이하게 개인적인 취향이 반영되었을 것이다(모르긴 몰라도 내 부족한 점들도 담겼을 것이다. 사실, 필요하다는 생각이 들면 오히려 최선을 다해 부족함을 드러내려고 했다. 훌륭한 선생은 자신의 부족한 점을 학생들이 되풀이하게 두지 않으니까). 그동안 내 소설들은 사색적이면서도 장르를 뛰어넘는 다양성을 지녔다는 평을 들었지만 독자로서, 또 글쓰기 기술을 배우는 학생으로서의 내 관심사는 더 다양하고 폭이 넓다. 몇 년 동안은 작은 출판사에 다니면서 온갖 스타일의 작가들이 쓴 소설도 편집해봤고, 지난 10년 동안 학생들에게 소설 작법을 가르치기도 했다. 그들 모두 각자의 목표와 미학이 있고, 어필하고 싶은 독자가 있었다. 나는 그들과 함께 작업을 하는 동안 그런 점을 존중하고 격려하려고 최선을 다했다. 서론이 길었는데, 결국 이 말을 하고 싶었다. 앞으로 내가 제안

하게 될 많은 방법이 다양한 유형의 소설가에게 효과가 있으리라고 믿어 의심치 않지만, 혹시 어떤 전략이나 기술이 당신에겐 효과가 없거나 당신이 쓰려는 글의 의도와는 정반대라고 생각되면 무시하고 건너뛰길 바란다. 이 책은 모든 작가를 나와 같은 스타일로 만들기 위해서가 아니라 **종이 위에서 더 자기다워질 수 있도록 방법을 알려주고 돕기 위해 쓴 책**이기 때문이다. 따라서 당신 작품을 기준으로 삼고 도움이 되지 않는 조언이라면 과감히 버리고, 해왔던 방식으로 계속 써나가라. 조언을 잘 받아들일 때 얻는 게 많지만 가끔은 능동적으로 거부하면서 많은 것을 깨우치기도 한다.

이 책이 당신과 당신의 소설에 도움이 되었으면 좋겠다. 그러니 도움이 되는 것만 적용하길 바란다.

차례

3장 퇴고: 세 번째 원고
아직, 끝이 아니다

소설을 쓴다는 건 에베레스트를 등반하다가

자신의 뼈 옆을 지나가는 일이다.

캐런 러셀

1장

초고: 첫 번째 원고

이야기를 만들어보자

글을 쓸 준비가 된 당신은 아마 이런 질문을 던지고 싶을 것이다. "초고는 어떻게 써야 하는가?" 빠르게 답하겠다. **쓸 수 있는 것이라면 무엇이든 쓰면 된다.** 완성할 수 있는 것이라면 무엇이든. 시작과 중간과 결말로 이어지는 것이라면 무엇이든. 조금 더 길게 답하자면, 초고를 쓸 때의 목표는 '무언가를 발견하는 것'이다.

나는 대개 정확한 줄거리가 없는 상태에서 소설을 시작한다. 구성이 촘촘한 소설을 쓰겠다는 포부는 있지만 처음부터 줄거리를 빈틈없이 짜놓고 시작해본 적은 없다. 이야기가 어떻게 전개될지, 어떤 인물이 등장할지 최소한의 정보만 가지고 시작한다. 디테일한 부분까지 너무 많이 계획해놓으면 손발이 묶이고 상상력이 억압돼 옴짝달싹 못 한 채 갇힌 기분이 들어서다. 초고를 쓰기 시작하고 처음 며칠은 언어의 파편들과 단절된 이미지들, 장면의 일부, 반쯤 하다 만 대화, 무질서한 사건들을 가지고 작업을 하기가 예사다.

왜 그런 혼란을 즐기냐고? 초고에서 내 목표는 **글을 씀으로써 내가 쓰고 있는 글을 발견하는 것**이기 때문이다.

첫 페이지를 쓰기도 전부터 너무 많은 계획을 세워두면 놀라운 발견의 기회가 사라질 수 있다는 사실을 알게 된 나는 줄거리를 졸졸 따라가기보다 글을 쓰면서 페이지 위에 모습을 드러내는 것들을 묵묵히 따라가려 한다. 서서히 드러나기 시작하는 인물들의 욕망, 초반에 나온 장면들이 암시하는 극적인 상황, 내 문장이 지닌 음색과 화자의 목소리에서 엿보이는 가능성 같은 것들 말이다. 또 글을 쓰는 그날그날의 기분과 관심사를 따라가면서 내 일상, 읽고 있는 책, 소비하는 미디어에서 나오는 영감의 씨앗을 붙잡으려고 애쓴다. 그 씨앗이 비옥한 땅을 만나 꽃을 피울 수 있기를 기대하며 초고에 뿌려둔다.

이런 방식으로 작업을 하는 작가가 나뿐만은 아니다. 소설가 로버트 보즈웰은 자신의 초고에 대해 이렇게 말한다. "나는 일단 써서 내 이야기 안으로 들어가봐야만 그게 어떤 이야기인지 알게 된다. 인물에 집중하지만 그들의 행동에 의미를 부여하지 않고 상징 같은 것을 찾지도 않는다. 일부러 최대한 오랫동안 줄거리를 파악하지 않으려 한다. 내가 아는 거라곤 작품 속 세계관의 극히 일부일 뿐이다. … 나는 이야기를 분석하지 않는다. 이렇게 함으로써 예상치 못한 일들이 계속 이야기 속에서 생겨나기를 바란다." 소설가 하이디 줄라비츠의 생각도 비슷하다. "나는 줄거리를 미리 생각하지 않는다. … 설계도를 그리는 건축가가 된 기분으로 글을 쓴다. 책을 쓰기도 전에 모든 걸 발견해버린다면 그다음엔 발견할 게 아무것도 남지 않을 텐데, 그러면 그때부터 글쓰기는 가슴 뛰는 일이 아니라 의무처럼 느껴질 것이다."

실제 작업을 두고 생각해보자. 나는 『스크래퍼Scrapper』라는 내 장편소설을 한 달쯤 쓰고 난 뒤에야 주인공 이름을 알게 됐다. 시작 전에 소설의 제목은 생각해두었지만 등장인물은 머릿속에 없었고 그저 디트로이트의 버려진 건물을 배경으로 불법 고철상에 관해 쓰고 싶다는 마음이 전부였다. 그러다 보니 주인공의 직업은 알았지만 그가 어떤 사람인지는 몰랐다. 주인공이 생업을 해나가는 장면을 하나씩 써내려가면서 비로소 이 사람이 뭘 좋아하고 갈망하고 두려워하는지 차차 알게 됐고, 초고를 쓰기 시작한 지 한 달째가 되었을 때 주인공의 삶을 뒤흔들 최초의 사건(납치된 소년이 폐가에 갇혀서 구조를 기다리는 사건)이 정해졌다. 최초의 사건을 발견할 수 있었던 것도 주인공을 디트로이트 이곳저곳을 누비며 항상 의욕이 넘치고 어디든 눈에 띄는 대상을 무심코 지나치지 못하는 성격으로 만든 덕분이었다. 그런 주인공의 관심이 미친 대상은 결국 내 소설의 디테일한 면을 이뤘고, 나는 그를 따라다니면서 발견한 장면들로 그것을 채워나갔다.

만약 줄거리를 미리 잡아놓고 썼다면 어땠을까? 다른 건 모르겠지만 세상에 나온 소설과는 다른 소설이 되었을 것이다.

쓰기 시작하라. 그러면 초고가 나올 것이다. 쓰다 보면 초

고는 반드시 나온다. 이 말이 무슨 마법의 주문처럼 막연히 들릴지도 모르겠다. 당연히 그럴 수 있다. 그래서 나는 당신이 직접 글 속에서 무언가를 발견하는 경험을 할 수 있도록, 그리고 그 경험을 통해 초고를 완성할 수 있도록 실용적인 방법 몇 가지를 제안하려고 한다. 줄거리부터 써놓는 게 더 편하게 느껴진다면 말릴 생각은 없다. 어디까지나 당신의 글이 아닌가! 당신에게 맞는 방식이 가장 좋은 방식이다(줄거리를 정리하는 방법은 2장에서 자세히 소개할 것이다). 단, 어떤 줄거리든 그것에 속박되지만 않았으면 좋겠다. 소설가 니컬슨 베이커가 이런 말을 했는데 내 생각도 다르지 않다. "나는 글을 시작하기 전에 작품에 넣고 싶은 일련의 사건과 정보를 순서대로 만들어둘 때가 있다. 하지만 그 순서를 따르지는 않는다. 그건 광부가 된 듯 어둠과도 같은 어떤 문단의 한복판에서 손을 더듬어가며 다음 문단으로 나가는 길을 찾기 위해 비틀거리고 있을 때 비로소 올바른 순서가 모습을 드러내기 때문이다."

전체 줄거리를 써도 좋고, 장면들의 목록을 만들어도 좋고, 손으로 휘갈겨 쓴 색인 카드로 벽을 도배해도 좋지만, 미리 정해둔 구조에 너무 일찍부터 갇히지 않길 바란다. 소설을 쓰는 초기 단계에서 직면하는 가장 큰 위험 가운데 하나는 작가가 자기 소설이 어떤 소설인지 지나치게 확신하는 것이다. 자신이 무엇을 원하는지에 관심을 기울이되, 쌓여가고 있는 페이지에도 귀를 기울여라. 이야기를 쓰면서 계속 나아가다 보면 머지않아 그 페이지들이 꿈틀대기 시작한다. 초고가 생명력을 얻는 순간이다. 그러려면 숨 쉴 공간이 있어야 한다. 1장에서는 무언가 꿈틀대기 시작하는 그 단계에 도달하는 방법을 다룰 것이다. 가능성과 뜻밖의 놀라움을 발견할 공간은 최대한 많이 남겨놓으면서 말이다.

오늘 할 일은 책 한 권을 완성하는 것이 아니다

레이철 쿠시너는 언젠가 첫 장편 『쿠바에서 온 텔렉스Telex from Cuba』를 쓰는 일이 "인내심을 갖고 끝 모를 의구심들을 끊임없이 견디는 일이었다"고 표현했다. 이건 꽤 많은 소설가가 공통적으로 느끼는 감정이다. 이미 당신도 경험했을 수 있다. 따라서 초고를 쓰기 시작하자마자 가장 먼저 해야 할 일은 끝 모를 의구심이 고개를 들 때마다 의지할 수 있는 인내심과 자신감을 비축해놓는 것이다.

이 책을 시작하면서 했던 말을 기억하는가? 당신이 소설을 쓰고 있음을 스스로 상기시키며 목적을 확실히 해 의구심을 비롯한 온갖 부정적인 감정에 맞설 인내심을 가지라고 했다. 이제 이 말도 기억해주면 좋겠다. 어느 때가 됐든 **책 한 권을 완성하는 걸 그날 목표로 삼아서는 안 된다**. 한번에 몇백 페이지를 단숨에 써서 초고를 완성하는 경우는 거의 없다. 십중팔구 한 번 쓸 때마다 서너 페이지에 그칠 것이고, 아무리 글이 술술 잘 풀리는 날도 열 페이지를 넘기기는 힘들다.

소설 작법 강의에서 나는 학생들에게 하루에 두 페이지씩 일주일에 5일, 그렇게 한 학기인 12주 동안 쓰라고 한다. 그러면 매주 열 페이지를 쓰게 되고 학기가 끝날 때면 100페이지가 만들어진다. 강의 첫 시간에는 이 분량이 어마어마하게 느껴지지만 지금까지 해내지 못한 학생은 한 명도 없다. 그게 가능했던 이유는 당장 출간할 글이 아니라 원재료가 될 만한 글을 쓰는 게 목표였기 때문이다. 글만 붙잡고 있을 수 없는 상황에서도 이렇게 1년 동안 쓰면 400페이지가량의 원재료를 손에 쥐게 된다. 장편소설 한두 권은 거뜬한 분량이다.

일상적인 목표를 좋아하는 내게 이런 식의 간단한 계산은 동기부여가 되었다. 몇 년 동안은 하루 네 페이지를 쓰는 것이 목표였고, 몇 년은 의자에 두 시간 앉아 있기가 목표였으며, 몇 시간이 걸리든 '아침 먹고 점심 먹기 전까지' 쓰는 게 목표일 때도 있었다. 내 생애 첫 장편소설(책으로 출간하려던 글은 아니었지만 내가 장편을 써낼 수 있다는 걸 알려줬던 작품이다)은 생업이었던 식당 지배인 일을 하면서 시간이 날 때마다 하루 두 시간씩 일주일에 5일, 총 6개월을 써서 초고가 나왔다.

다른 방법으로도 얼마든지 초고를 써나갈 수 있다. 살면서 찾아오는 변화에 발맞추다 보면 몇 주 정도는 글을 쓸 시간이 비교적 많아질 때도 있지만 도저히 그런 시간이 주어지지 않을 때도 있다. 그럴 때 나는 하루에 딱 한 문장 쓰기를 목표로 하고 어떻게든 매일 원고를 들여다보려고 한다. 그렇게라도 해야 계속 글을 쓰고 있는 기분이 든다. 그러나 이건 어디까지나 내 이야기일 뿐이다. 생업이나 양육 혹은 책임져야 하는 다른 일을 하다가 잠깐씩 생기는 자투리 시간 15분마다 한 문단씩 써서 훌륭한 소설을 탄생시킨 작가도 적지 않고, 반대로 아무도 모르는 곳에 처박혀 한 달 동안 바짝 몰아붙여 초고를 완성하는 작가도 있다.

나는 할 수만 있다면 목표를 설정하고 글을 쓰는 게 좋다고(그리고 목표를 못 채웠더라도 자신을 용서하는 게 중요하다고) 생각한다. 하지만 목표가 주는 부담감에서 도망치고 싶은 사람도 있을 것이다. 스스로 짊어진 부담감이든, 누가 어깨에 올려놓은 부담감이든. 압박이 심해 도망치고 싶을 때는 어떻게 해야 할까?

가스 그린웰은 《파리 리뷰》와 했던 인터뷰에서, 장편 『너에게 속한 것』을 쓰다가 중반부에서 난관에 부딪혔다고 고백했다. 그때 그린웰은 자신의 글을 하찮은 것으로 여기고 나서야 부담감을 덜 수 있었다고 말했다. "종이 쪼가리나 영수증, 그런 데다가 글을 썼다. 내 글이 쓰레기처럼 가볍게 느껴져야만 써나갈 수 있을 것 같았다. 썼다가 마음에 안 들면 주저하지 않고 버릴 수 있어야 했다. 평소에는 학교에서 쓰는 스프링 노트에 글을 쓰는데, 이것도 글에 대한 부담을 더는 데 도움이 되었다. 물론 그 소설의 중반부를 쓸 때는 그 노트마저도 너무 묵직하게 느껴졌지만."

누구에게나 일어날 수 있는 일이다. 계속 써나가려면 이 글이 어떻게 되더라도 상관없는 척 자신을 속여야만 할 때도 있다. 이 글은 나만 보려고 쓰는 것이니 별로 중요하지 않다고 자신을 속이는 것이다. '챕터가 아니라 한 장면일 뿐이다.' '장면이 아니라 길을 잃은 이미지들의 파편일 뿐이다.'

글을 쓰는 데는 옳은 방법도 그른 방법도 없다. 그냥 계속 써나가면 된다. 탁 트인 길이 보이지 않더라도, 한 걸음 나아가기 위해 두 걸음 물러나야 하더라도 써나가는 것이 중요하다. 걸음이 너무 느려서 완성이라는 끝이 도저히 머릿속에 그

려지지 않더라도 묵묵히 써야 한다.

계속 쓰기만 한다면, 언젠가는 끝에 다다를 것이다. 한 번에 한 단어. 해야 할 일은 그게 전부다. 그것만으로도 충분하다.

| 제목의 힘 |

소설을 쓰고 있다는 확신이 필요하다면, 되도록 빨리 초고에 가제를 붙이라. 글을 쓰기 시작한 첫날부터 제목을 붙이려니 건방져 보일 수 있지만, 가제(말 그대로 언제든 바꿀 수 있다)가 있으면 글을 써나가는 데 도움이 된다.

무엇보다도 제목은 훌륭한 길잡이가 되어준다. 케빈 브록마이어는 이렇게 말했다. "나는 제목을 과녁이라고 생각하고, 그 과녁을 향해 이야기라는 화살을 쏜다." 그는 우리가 문장을 만들어가며 1센티미터씩 나아갈 때 원고의 맨 위에 놓여 있는 제목이 이야기가 어느 방향으로 가고 있는지 우리에게 상기시켜준다고 했다.

소설을 쓰는 동안에는 길을 잃기 쉽다. 이때 제목은 새로운 소재, 주제와 관련된 또 다른 관점, 주인공의 특성을 연상시켜 우리 앞에 펼쳐진 길을 밝혀준다.

좋은 문장이 그렇듯이 좋은 제목도 종종 한 가지 이상의 역할을 소화한다. 문자 그대로의 의미는 물론이고, 상징적인 의미를 담거나 주인공뿐만 아니라 작품 속 다른 요소의 특징을 묘사하기도 한다. 이를테면 제시 볼의 최근 작품인 『센서스』의 제목은 특정 과제(국가의 인구수를 계산하고 그들 고유의 특성을 밝혀내는 일로, 신임 인구조사원으로서 주인공이 맡은 핵심적인 일)를 뜻하기도 하지만, 살아 있는 생명에 대한 평가처럼 좀 더 보편적인 평가를 의미하기도 한다. 이 소설의 주인공은 자신에게 닥칠 죽음과 자신이 죽고 나면 고아가 될 자폐증 아들의 미래를 준비하면서 생명을 평가한다.

제프 밴더미어의 소설 『소멸의 땅』의 제목은 처음엔 주로 주제와 관련된 것, 즉 X구역이라는 소름 끼치는 재앙이 초래할 파멸에 대한 공포 또는 인간의 어리석음과 탐욕에 의한 자연 파괴 같은 것만을 의미한다고 생각하기 쉽다. 그러나 '소멸'은 소설 말미에 무기화된 언어로 등장하면서 플롯의 기능까지 한다.

처음부터 제목에 담긴 의미와 쓰임새를 전부 파악하고 있어야 한다는 얘기가 아니다. 다만 **제목이 있는 상태로 시작하면 글을 쓰는 동안 더 많은 가능성을 발견할 수 있다**. 가제마저 없으면 그런 발견의 기회도 없으니, 하나 정하는 게 어떨까? 소설을 쓰고 있다는 마음가짐을 다잡기 위해서라도 '소설 2.docx'라는 이름보다는 뭔가 더 좋은 이름이 필요하다.

또 가제가 있으면 소설을 그럴듯한 이름으로 부를 수도 있다. 꼭 남들에게 얘기하기 위해서가 아니다. 자기 자신에게 "나는 소설을 쓰고 있어"라고 말하는 대신에 **"나는 ○○○이라는 제목의 소설을 쓰고 있어"**라고 정확히 말할 수 있지 않은가. 이제 겨우 몇 줄밖에 못 쓴 원고라 해도 제목이 있으면 이미 한창 진행 중인 듯한 느낌이 들기 마련이다.

좋은 이름을 붙여주는 것은 어떤 대상을 사랑하는 하나의 방식이다. 당신은 아주 오랫동안 당신의 이야기를 사랑해야 한다. 그러니 당신이 사랑할 수 있는 제목을 붙여주길. 빠르면 빠를수록 좋다.

| 표지와 쪽 번호 넣기 |

모니터에 떠 있는 문서를 책처럼 보이게 만드는 빠르고 쉬운 방법이 하나 더 있다. 표지를 만드는 것이다. 방법은 간단하다. 제목을 큼지막한 서체로 빈 페이지의 정중앙에 놓고 엔터 키를 쳐라. 그다음 '저자'라고 친 후 그 옆에 당신의 이름을 넣으라.

당신이 작가인 소설. 표지에 적힌 이 몇 단어가 최종 목표다. 이제 막 시작했다고 해서 목표를 밝히지 못할 이유는 없다.

표지를 만들었다면 이제 페이지마다 맨 아래에 쪽 번호를 집어넣으라. 그리고 쪽 번호 옆에도 작게 제목을 넣으라. 쪽 번호 옆에 쓰인 제목은 문서를 스크롤할 때 당신이 무엇을 쓰고 있는지, 이 세계를 만드는 일에서 어느 정도 진전을 이루었는지 넌지시 귀띔해준다. 쪽 번호가 늘어날수록 책은 점점 더 실체를 갖추어간다.

| 페이지의 여백 넓히기 |

마이클 킴벌한테서 배운 요령인데, 페이지의 여백을 기본값보다 넓게 설정하면 한 페이지에 들어가는 글의 양이 줄면서 그 페이지에 있는 내용이 좀 더 한눈에 들어온다. 또한 모니터에 떠 있는 페이지가 더 '책처럼' 보여서 책을 쓰고 있다는 사실을 더 실감하게 된다.

여백을 넓히면 얻는 뜻밖의 이익도 있다. 원고를 출력했을 때 새로운 아이디어나 추가할 내용을 적을 메모 공간이 더 생긴다. 뿐만 아니라 여백이 넓을수록 페이지가 넘어가는 속도가 빨라져서 집필 진도가 실제보다 훨씬 빠르게 느껴진다는 장점도 있다.

| 인용구 활용하기 |

나는 초고를 쓰다가도 읽고 있던 다른 책에서 인용하고 싶은 구절을 발견할 때가 종종 있다. 어떤 구절은 내가 다루려는 주제의 핵심을 건드리고, 어떤 구절은 내가 아무리 쥐어짜도 떠오르지 않던 문장에 관한 힌트를 넌지시 던져준다. 그런 구절을 발견하면 파일을 열었을 때 쉽게 찾을 수 있도록 원고 앞부분, 즉 표지 바로 다음 페이지에 붙여놓는다. 그러면 초고가 마무리될 즈음엔 5개, 10개, 많으면 15개 정도의 구절이 남는다. 막상 완성본에는 그 구절들이 다 실리지 않지만, 인용구들은 이미 자신의 역할을 다한 뒤다. 소설이 도무지 풀리지 않아 괴로울 때마다 이 소설을 내가 어떻게 풀어내려 했는지 그 인용구들이 일깨워주기 때문이다.

| 진행 상황 기록하기 |

작업이 진전되고 있다는 느낌이 잘 들지 않을 때가 있다. 특히 초반에 그런 느낌이 자주 든다. 그럴 때는 지금까지 했던 모든 작업을 다시 떠올려보라.

나는 수년 동안 엑셀에 초고 진행 과정을 기록했다. 하루에 총 몇 줄을 썼는지, 글을 쓰는 데 든 시간은 총 얼마인지 매일 기록하고 합계를 냈다. 두 시간에 50줄을 썼다면 2와 50을, 글을 쓰지 않은 날은 두 칸 모두 0이라고 적었다.

두 칸에 0이라는 숫자를 채워 넣는 날은 기분이 영 별로였다. 이 은근한 자괴감이 싫어서 도저히 글이 안 써질 것만 같은 날에도 어떻게든 몇 자 적어보려고 안간힘을 쓰곤 했다.

5분에 두 줄을 써서 5와 2라도 채워넣는 게 모두 0인 것보다는 나으니까. 그리고 일단 두 줄을 쓰고 나면 두 줄 더 쓸 수 있는 동력이 생긴다는 것도 알게 됐다.

내 엑셀 파일에는 짧은 메모를 할 수 있는 칸도 있다. 그날 글을 쓰면서 좋았던 점은 무엇인지, 무엇을 발견했는지, 내일 작업에는 어떤 점이 화두가 될지 떠오를 때마다 바로바로 거기에 적어둔다. 월말이 되면 한 달 동안 기록해둔 숫자와 메모를 다시 읽는다. 그러면 설령 최근의 글쓰기가 악전고투였다 해도 그때만큼은 뭔가를 해내고 있다는 걸 느낄 수 있다.

컴퓨터를 덜 쓰는 방식을 원한다면 종이로 된 일지에 진행 상황을 꾸준히 기록해보라. 나는 『애플씨드Appleseed』라는 소설의 초고를 쓸 당시, 한동안 다이어리에 글쓰기 과정을 기록했다. 하루의 글쓰기가 끝나면 작업실을 벗어나 부엌이나 뒷마당으로 가 커피를 마시면서 그날의 작업을 되돌아보고 매일 손으로 한두 페이지의 일기를 썼다. 말라가는 잉크와 함께 일기장은 날로 두툼해졌고, 한 페이지 한 페이지 채울 때마다 일기장에 시간이 차곡차곡 쌓여가듯 나도 뭔가를 차근차근 쌓아 올리는 기분이 들었다. 두툼해진 일기장을 손에 쥐면 내가 나아가고 있다는 느낌이 새삼 와닿는데, 손에 잡히지 않는 컴퓨터 파일에서는 느낄 수 없는 감정이었다.

시작이 반이다

이제 진짜 시작할 일만 남았다. 일단 페이지 위에 단어 몇 개를 쓰기만 하면, 거기서부터 쓸 게 생긴다. 고쳐 쓰고 다시 쓸 만한 토대가 되어줄 무언가가. 이 첫발을 떼지 않으면 영원히 아무것도 쓸 수 없다! 물론 시작할 때는 두렵고 막막하다. 하지만 한 단어, 한 문장, 한 문단, 한 페이지로 시작하는 것 말고 다른 방법은 없다. 힘든 일이지만 피할 수 없다. 자신감을 갖고 나아가야 한다. 극작가 샘 셰퍼드는 말한다. "결단을 내리라. 이젠 눈앞에 직면한 문제다. 당신은 빈 페이지와 마주하고 있다."

시작한다는 것은 언제나 도전이다. 막 손을 대려니 걱정되는 점도 한두 가지가 아닐 것이다. 하지만 뭐라도 쓰는 것이 아무것도 쓰지 않는 것보다는 훨씬 낫다는 사실을 기억하라. 첫 단어, 첫 문장, 첫 장면이 당장은 아무리 한심해 보여도 꾸준히 고쳐나가다 보면 결국에는 좋아진다는 사실을 기억하라.

아무것도 쓴 게 없으면 무엇을 고쳐가며 개선을 하겠는가.

영감을 찾으려면

글을 쓰기 시작한 당신에게 박수를 보낸다! 순조롭게 나아가고 있기를. 하지만 머지않아 누구나 부닥치는 난관이 기다리고 있을 것이다. 최초의 영감은 고갈되기 시작하고, 따라가기도 버거울 만큼 많은 일이 벌어진다. 하루는 서광이 비치는 듯하더니 바로 다음 날은 지금까지 쓴 글이 너무 형편없어서 고개를 들기조차 힘들어진다. 하지만 최악의 상황은 따로 있다. 글이 막히기 시작하는데 어떻게 해야 다시 탄력을 받을 수 있을지 알 길이 없다는 것이다. 어떻게 해야 할까?

아무리 시작이 좋아도 막히는 순간은 무조건 찾아온다. 특히 초고에서 막힐 때가 많은데, 30~40페이지까지는 잘 나가다가 갑자기 벽이 나타나 앞을 턱 가로막는다(지금까지 경험한 바로, 초고에서 시작은 쉽고 중간은 미칠 지경이고 결말은 물러설 데가 없다). 글이 막힐 때마다 나는 심호흡을 한번 하고 소설가 루시 코린의 조언을 떠올린다. "당신의 이야기를 찾기 위해서는 당신이 지금 만들고 있는 이야기를 들여다봐야 한다. … 이야기는 언제나 작가인 당신보다 똑똑하다. 이야기 안에는 이미 주제와 이미지와 아이디어가 그리는 일정한 패턴이 있으며, 그러한 패턴은 당신이 찾아내는 것 이상으로 영리하고 복합적이다. 집요한 학생의 눈으로 지금 쓰고 있는 글을 보자. 모든 이야기에는 작가의 의도와 상관없이 스스로 움직이며 완성되어가는 면이 있다."

시인 트레이시 브림홀은 "영감에 휘둘리기보다는 영감을 끌어내기 위해" 글을 쓴다고 말한다. 나도 그렇게 영감을 끌어내는 글쓰기를 하고 싶다. 말 그대로 이야기를 '만드는' 초고를 쓰는 동안에는 더더욱. 글을 쓰다가 막혔을 땐 지금까지 써놓은 내용을 들여다보고 거기서 새로운 영감을 끌어내야 한다. 소설을 쓰는 데는 많은 영감이 필요하다. 영감을 찾는 데 도움이 되는 몇 가지 방법을 소개하겠다.

| 섬 만들기 |

다음에 어떤 내용이 와야 하는지 모르겠다면, 시인 찰리 스미스가 제안했던 방법을 시도해보라. '섬 만들기'라고 부르는 방법인데, 그동안은 한 장면씩 순서대로 썼다면 이번에는 **당신이 미리 생각해둔 장면부터 써보는 것이다.** 홀로 떠 있는 섬처럼 동떨어져 보일지도 모른다. 하지만 괜찮다. 비중 있는 장면들이 페이지 위에 모습을 드러내기만 하면, 적어도 가야 할 목적지가 정해진 것이니 그 섬들을 이어주는 다리를 건설하면 된다.

그런데 막상 섬에 다다르면 처음에 의도했던 것과는 다른 모습이 되어 있어서 전부 수정해야 하는 상황을 마주하게 될 것이다. 하지만 소설은 그런 과정을 거쳐 완성되는 법이다. 그러니 그 장면이 어떻게 나타나게 됐는지 잘 모르겠다고 해도 일단 쓰고 장면들을 이어보자.

아직 깨닫지 못했을 수도 있지만 **하나하나의 섬들이 모여 초고가 되기도 한다.** 출간을 앞둔 책이 될 수도 있다. 현대 소설은 섬을 이어주는 다리가 그렇게 많이 필요하지 않기 때문이다. 장거리 자동차 여행이 소재인 소설이 대표적이다. 이런 소설은 자동차가 멈추는 곳마다 사건이 터져야 이야기가 이어질 수 있어 별 사건 없는 주행 사이사이의 장면은 크게 필요치 않다(차가 고장이라도 나야 한다. 수십 킬로미터를 달리면서 아무런 문제도 일어나지 않는다면 글쎄, 그게 무슨 의미인가. 궁지에 몰린 두 인물이 차 안에서 티격태격하며 장거리를 간다면 또 몰라도). 지나치는 도로변의 볼거리들을 사건 삼아 섬으로 만드는 편이 훨씬 흥미로울 것이다.

| 끌리는 쪽 따라가기 |

섬 만들기는 지금 가장 끌리는 것을 쓰는 확실한 방법이며 내 경험상 초고에 적용하기 좋은 방법이다. 작가가 자신의 욕망과 열정에 집중하면 집필은 훨씬 수월하다. 섬 만들기는 당신이 가지고 있던 최고의 이야기를 머리에서 끄집어내어 페이지 위에 펼쳐놓음으로써 머릿속에 멋진 이야기가 떠오를 공간을 마련해주기도 한다.

자신이 쓰고 있는 내용에 마음이 강하게 끌리지 않는다면 다른 이야기를 고려해봐야 한다. 그렇다고 한순간 좌절감에 휩싸여 쉽게 소설을 포기해서는 안 된다. 그보다는 지금 쓰고 있는 원고의 **다른 대목으로 가서 거기부터 써보는 게 낫다**. 에너지가 가장 뜨겁게 끓어오르는 대목으로 가라. 즐거움은 더 큰 즐거움을 낳을 것이고 지루함은 사라진다.

레이철 쿠시너는 말한다. "뭔가 해낼 수 있을 것 같고, 그 뭔가 나를 계속 붙드는 듯한 언어의 흐름을 알아내는 것, 글쓰기에는 이런 에너지가 필요하다. … 저자의 흥이 느껴지는 글을 만나면 나는 폭 빠지고 만다." **저자의 즐거움은 저자를 이끄는 최고의 안내자다**. 당신의 책이 독자에게 어떤 즐거움을 줄지는 아직 모르지만, 당신에게 즐거움을 주는지부터 우선 생각해보라.

즐거움, 흥분, 기쁨을 좇으라. 나중을 위해서 아껴두겠다는 생각은 버리고, 열렬히 끌리거나 영감이 떠오른다 싶으면 당장 쓰라. 열망과 영감은 시작된 그곳에서 더 많이 생겨난다. 좋은 것은 머리에 떠오르자마자 페이지에 옮겨 적고 그걸로 더 좋은 무언가를 상상하라.

| 문장 이끌어 가기 |

공연 중 배우들의 애드리브는 즉석에서 이루어지는 작업이다. 이 작업을 수월하게 하려면 **'맞아, 그리고'** 방식으로 대화를 이끌어 가야 한다. 아주 간단하게 예를 들면 이런 식이다. 상대 배우가 대본에 없는 대사("나는 우주 청소부인데 현기증이 심해서 걱정이야")를 던진다. 이때 해야 할 말은? 간단하다. 그의 말에 호응해준 다음 한마디 덧붙이면 된다("맞아, 그리고 우주정거장에서는 중력이 있다 없다 하잖아!"). 이렇게 호응해주면 즉흥적으로 만든 대화가 끝날 때까지 밀도와 유머가 쌓여간다. 하지만 딱 잘라 말한다면("우주 청소부? 그런 직업이 어딨어? 바보 같은 소리하네"), 극은 그 자리에서 끝나고 만다. 이 전략을 글쓰기에는 어떻게 적용할 수 있을까?

쓴 문장을 다시 살펴보며 호응을 해보는 것이다. 소설은 애드리브가 아니지만 즉흥적으로 대응하는 사고방식은 소설을 쓰는 데 도움이 된다. 한 문장을 쓰면 그 문장은 당신에게 말을 건네올 것이다. 그것은 예상치 못해 낯설고 오싹하고 불쾌하겠지만 그 문장을 다시 읽으면서, 그러니까 호응해주면서 동료 배우라고 상상해보자. 그는 당신과 함께 무대를 즐기며 새롭고 재밌는 장면을 창조하고 싶어 한다. 당신은 그의 말에 장단만 맞춰주면 된다.

그렇게 그 문장을 받아들이고 이야기에 활기를 불어넣으라. 어떻게 하면 그 문장을 효과적으로 만들 수 있을지, 어떻게 하면 사실감을 더할 수 있을지 고민하는 것이다.

가끔은 이미 지나간 앞의 내용들이 비슷한 역할을 할 때가 있다. 당신이 만들어놓은 이야기가 비슷한 방식으로 다시 말을 걸어올 수도 있다는 뜻이다.

이는 **회귀적 글쓰기**의 한 방법이기도 하다. 간단히 말하면 **지나왔던 곳으로 되돌아가서 쓸 만한 내용을 찾아오는 것**이다. 마지막 문장, 마지막 문단, 마지막 장면, 마지막 장을 깊게 살피라. 가장 힘이 실린 부분은 어디인가? 가장 에너지 넘치고 흥미로운 부분은 어디인가? 그걸 가져와 새로운 문장이나 문단, 장면을 만들라. 새롭게 만들어낸 것이 마음에 쏙 든다면 같은 방식으로 다시 파고들어 한 단계 나아지거나 또 다른 방향으로 뻗어 나가기 좋은 지점을 찾으라. 회귀적 글쓰기는 이

전 문장에서 새로운 문장이 나왔을 때 그 구절 전체가 한 덩어리처럼 느껴진다는 장점이 있다. 각 문장은 어느 정도 그 구절 자체를 대변하기 때문이다.

| 예상하면서 읽기 |

자기가 쓴 글을 읽을 때는 예상하면서 읽어야 한다. 이미 만들어놓은 장면들을 보고 그것을 토대로 다음에는 어떤 장면이 올 수 있을지 예상해봐야 한다. 원하는 걸 얻기 위해 등장인물이 다음 장면에서 취할 수 있는 행동은 무엇인가? 이 인물들은 어디를 향해 가고 있나? 원하는 걸 얻고 나면 무엇을 할 것인가? 이미 써놓은 장면들이 암시하는 다른 전조나 설정은 보이지 않는가? 주제와 관련된 쟁점들, 예컨대 소설이 던지고자 하는 지적, 정서적, 도덕적 질문을 해결할 기틀은 마련되어 있는가? 이 질문들에 답할 수 있다면, 그 답이 존재하는 새로운 장면을 쓰라.

이건 다른 책을 읽으면서 연습할 수 있는 (그리고 반드시 연습해야 하는) 기술이다. 소설의 초반부에서 막 준비 중인 이야기를 가닥가닥 주의를 기울이며 읽은 후, 그 가닥이 저마다 어떻게 뻗어나가고 어디서 해결되는지 지켜보라. 독자의 기대를 어떻게 충족시키는가? 독자의 예상을 어떻게 뒤엎는가?

다른 책으로 연습한 다음, 비슷한 방식으로 당신이 만들고 있는 이야기의 가닥을 뽑는 방법도 찾으라. 앞에 나온 장면보다 골치 아픈 문제가 일어나는 장면을 쓰라. 그 새로운 골칫거리를 헤쳐나가며 반전과 클라이맥스, 갈등 해결과 결말을 향해 나아가라. 지금까지 쓴 장면은 그다음 장면으로 당신을 이끌어줄 최고의 가이드다.

| '써야만 할 것 같은' 장면 조심하기 |

왠지 써야만 할 것 같은 의무감이 드는 장면을 조심하라. 그게 딱히 쓰고 싶지 않은 장면일 때는 더 주의해야 한다. 꼭 필요한 장면이라면 써야겠지만 그다지 관심이 가지 않는 장면이라면 무리해서 만들 필요 없다. 직감을 따르라. 써야겠다는 의욕이 별로 느껴지지 않거나, 죽었다 깨어나도 쓸 자신이 없는 장면을 두고 고민하고 있다면 그곳에 다른 장면을 넣는 것이 유일한 답일 수 있다.

이런 무기력이나 불가항력이 제대로 느껴지는 순간이 있다. 바로 당신이 생각했던 장면을 다른 작가의 소설이나 언젠가 봤던 영화 혹은 지금 쓰고 있는 장르의 가장 상투적인 비유에서 가져왔을 때다. 다른 곳에서 따온 그 리듬은 당신 이야기가 아니라 원래 이야기의 장면에 맞춰 만들어졌기 때문에 문제가 된다. 당신의 이야기로 들어오는 순간 다른 음을 억지로 끼워 넣은 듯한 느낌이 들 수밖에 없다. 초고에서 이런 일이 일어나고 있다면 내용과 관련된 건 한쪽으로 제쳐두고 **그 장면의 기능을 곰곰이 생각해보라**. 이다음 장면은 어떤 기능을 해야 하는가? 영감을 받아서 쓰려고 했던 장면의 역할을 할 수 있는가? 쓰려고 했던 장면의 서사적 기능과 가져온 장면의 서사적 기능이 다르다면, 발휘하는 효과도 다를 것이다.

써야만 할 것 같은 느낌이 드는 장면 중에서도 순전히 정보만을 전달하는 장면은 특히 실패하기 딱 좋다. 등장인물이 A라는 장소에서 B라는 장소까지 어떻게 이동하는지 보여주거나, 그다지 중요치 않은 물건을 어떻게 얻었는지 보여주고 싶은가? 이건 아무리 잘 써도 재미없는 장면이 되기 십상이다. 뭔가 다른 긴장감으로 그 장면을 채우지 않는 한, 독자는 등장인물이 이 장소에서 다른 장소로 이동하기 위해 운전하는 장면을 굳이 볼 필요가 없다. 예컨대 범죄물이라면 등장인물이 범죄에 꼭 필요한 도구를 모으는 과정이 재미의 한 요소가 될 수 있지만, 우리 집 창고에도 걸려 있는 흔해빠진 연장을 사려고 차를 몰고 마트까지 가는 모습을 봐야 할 이유는 없다. 꼭 쓰고 싶다면 장소를 옮기는 동안, 마트에서 물건을 사는 동안 뭔가 예상치 못했던 일이라도 일어나야 한다. 독자는 멍청하지 않다. 이야기가 어떻게 진행되는지 금세 감을 잡는다. 사건 사이사이에 벌어지는 일은 얼른 건너뛰고 독자가 기다리는 역동적인 장면으로 넘어가자.

| 쓰지 않은 이야기가 가르쳐주는 것 |

몇 년 전 알렉시스 스미스가 내 강의에 초대받아 자신의 소설 『매로섬Marrow Island』에 관한 질문에 이렇게 답했다. "도입부를 쓰다가 실패하면 마음에 드는 도입부가 나올 때까지 몇 번이고 다시 시작했어요." 몇 년이 걸렸지만 그는 그 시간을 허비했다는 생각은 하지 않는다고 했다. 도입부를 다시 쓸 때마다 쓰지 않을 것들을 버려가며 많은 것을 배웠기 때문이다. 자신의 소설이 받아들일 수 없는 것들을 버린 덕분에 소설이 가진 가능성을 면밀하게 타진해볼 수 있는 시간이 된 것이다. 나는 초고를 쓰면서 (그리고 동료들과 학생들의 초고를 읽으면서) 스미스의 경험이 초고를 쓰는 모두에게 꼭 필요하다는 사실을 깨달았다. 리처드 휴고는 시 작법 에세이 『트리거링 타운The Triggering Town』에서, 시를 쓰기 시작할 때 생각했던 주제는 더 정확한 주제를 보여주기 위한 출발점일 뿐이라며 시작 단계에서 생각했던 주제에서 벗어나 시어 자체에 전념해야 한다고 말한다. 그의 말을 소설에 적용해보면 초고에서는 작가가 원하는 방향보다 작품이 나아가고자 하는 방향에 집중해야 한다.

쓰지 않을 것들을 골라내면서 소설은 스스로 방향을 찾아가게 될 것이다. 다시 말해, 당신의 글이 더 이상 고개를 젓지 않을 때 비로소 제대로 된 길에 들어선 것이다.

상상력을 채우고 넓히자

상상력이란 고정된 능력이 아니라 외부의 힘에 의해 모습이 변하는 (불가사의한) 능력이다. 상상력을 구성하는 두 가지 핵심 요소는 **예술적 삶**과 **일상적 삶**으로 작가는 이 둘을 결합하여 글을 쓰고, 완전히 새로운 뭔가를 만들어내기도 한다. 특히 초고를 쓸 때는 두 삶이 만들어낸 경험에 의존해야 하며, 영감이 바닥나면 이들을 다시 채우고 넓혀야 한다.

| 예술적 삶 채우기 |

내가 쓴 모든 소설에는 내가 그동안 해온 예술적 경험이 차곡차곡 쌓여 있다. 소설, 시, 희곡, 수필, 영화, 음악, 시각예술 등이 전부 내가 쓰는 책과 상호작용을 한다. 아주 짧게 접한 예술적 경험이 쓰고 있는 책의 모델이 되기도 하고, 시간이 흐르면서 다른 예술적 경험이 쌓여서 더 깊이 있는 이야기의 토대가 되기도 한다.

내 작업실에는 지금 쓰고 있는 소설에 참고하는 책들만 꽂아두는 책장이 따로 있고, 그동안 출간한 소설과 마무리는 못 지었지만 미련이 남는 미완성작으로 가득 찬 상자도 있다.

자신의 예술적 토대를 알면 어떤 작품들이 내 소설에 도움이 되는지 알 수 있으며 그 안에서 예술적 영감, 자기 확신, 소속감 같은 것을 느낄 수 있다. 나는 그걸 찾지 못해 포기해버린 작품도 있는데, 도움이 될 만한 작품을 만난다면 포기한 그 작품에도 다시 생명을 불어넣을 수 있을 것 같다.

혹시라도 다른 작가의 영향을 받을까 봐 글을 쓸 때는 다른 소설을 읽지 않는다는 작가들도 있다. 나는 오히려 그런 영향을 갈망하는 편이다. 더 많은 영향을 받고 싶다. 누구보다 독창적이고 개성 있어 보이는 작가도 알고 보면 둘째가라면 서러울 정도로 다양한 책을 읽는 독자다. 그들은 누구의 영향도 받지 않은 게 아니라 너무 많은 작가의 영향을 받기 때문에 누구에게 어떤 영향을 받았는지 찾아내기 힘든 것이다. 게다가 그들은 최근 베스트셀러 소설만 읽는 게 아니다. 온라인 서점 메인에 걸린 책들만 읽겠거니 생각한다면 오산이다. 그들은 대형 출판사에서 나온 책, 독립 출판사에서 나온 책, 고전소설,

SF 소설을 포함한 온갖 다양한 소설까지 죄다 읽는다.

예술적 삶을 든든히 채울수록 상상력은 커진다. 나는 작가이기 이전에 독자였고, 가능하다면 쓰기보다는 읽는 인생을 택했을 것이다. 내가 작가가 된 이유도 내가 사랑하는 책과 비슷한 책이 더 많아지기를 바라는 독자였기 때문이다. 내 안에 예술이 꾸준히 채워지지 않는다면 나도 더 이상 내 예술을 만들고 싶지 않을지도 모른다. 많은 작가가 나와 비슷한 경험을 한다.

계속해서 예술을 채우고, 다양하게 접하고, 충분히 받아들이라. 당신을 채운 예술이 밖으로 흘러나올 수 있도록.

하지만 지금 쓰는 작품과 너무 유사한 책을 읽으면 글이 막힐 수도 있다. 내용이 너무 겹친다면 다른 가능성이 보이지 않을 수 있다. 그럴 땐 조금 다른 걸 읽으라. 아예 다른 장르를 읽으면 기법이 달라지고 서사 구조를 선택할 때 의외의 해결책이 나올 수 있다. 초고를 쓸 때, 특히 무엇 하나 제대로 결정된 것이 없는 초반의 혼란스러운 단계에서 가능성은 많으면 많을수록 좋다.

| 일상적 삶 넓히기 |

일상적 삶은 상상력에 불을 지피는 또 다른 원천이다. 일상적 삶이란 지금까지 살아오면서 했던 경험과 기억, 거기에 동반되는 감정을 말하는데, 자료 조사를 시작하기 전에는 이 일상적 삶이 작업에서 큰 비중을 차지한다. 플래너리 오코너가 한 말은 유명하다. "유년 시절을 지나온 사람이라면 인생에 대해 평생 쓸 수 있을 만큼 충분한 정보를 가진 셈이다."

소설을 쓰기 시작했다면 당신도 유년 시절을 지나왔다는 뜻일 것이다. 당신이 살아온 삶에 무엇을 더하면 글이 될까? 또 어떻게 해야 그 삶을 글로 되살릴 수 있을까?

나는 30대 중반에 미시간주에서 애리조나주로 이사했다. 애리조나주 피닉스에서 살던 첫해 도통 글이 써지지 않아서 애를 먹었는데 몇 달 후 그 이유를 알게 되었다. 피닉스에는 내 고향을 떠올릴 만한 구석이 하나도 없었다. 사계절은 있지만 미시간만큼 계절의 변화가 뚜렷하지 않아 매일같이 햇살이 따갑게 내리쬐는 새 동네에서 첫해를 보내는 동안 내 시간은 마치 멈춘 것만 같았다. 게다가 피닉스에는 벽에 회칠을 한 낮은 집들이 넓게 퍼져 있어서 내게 익숙한 미시간의 도시나 내가 유년 시절을 보냈던 시골 마을을 조금도 떠올릴 수 없었다. 지나고 알게 됐지만 피닉스에 있는 동안 나는 자면서 꿈도 꾸지 않았다. 한마디로 나의 상상력이 단단히 굳었던 것이다.

만약 옛 기억을 떠올릴 수 없는 상태가 지속됐다면 난 결국

집을 옮길 수밖에 없었을 것이다. 하지만 피닉스로 이사 간 지 1년이 되어갈 무렵, 소나무 숲에 둘러싸인 버몬트주의 오두막에서 글을 쓸 기회가 생겼다. 밖에는 여름비가 보슬보슬 내렸고 나는 계속 그 안에 머물렀는데, 문득 미시간의 기억이 밀물처럼 밀려들었다. 가는 곳마다 고향을 떠올리게 하는 광경, 냄새, 소리가 가득했다. 그때 똑똑히 알게 됐다. **나를 이루는 기억을 외면하기보다 받아들여야 한다는 사실을**. 내 고향의 풍경과 날씨, 그곳 사람들의 말투와 사고방식, 그곳의 정취, 무슨 글을 쓰건 내 마음은 이것들을 향해 가장 먼저 손을 뻗는다.

인생의 특정 시기를 쓰려고 할 때 나는 음악, 영화, 책을 참고하거나 정 여건이 안 될 때는 닮은 장소를 찾아본다. 당신도 옛 기억을 소환할 만한 것을 주변에서 찾아보라. 자전적 글을 쓰는 게 아니더라도 상관없다. 어떤 글이든 작가의 자연스러운 심상과 고유한 상징체계는 기억이 모여 있는 부분에 자리 잡고 있다.

작가는 글을 쓰다 보면 이런 일상적 삶에 무언가를 채워야겠다는 생각을 하고, 어떤 경험은 직접 해보기로 마음먹기도 한다(실제로 소설가 윌 챈슬러는 『7층 높이의 키를 가진 용감한 남자A Brave Man Seven Storeys Tall』의 초고를 중간쯤 썼을 때 8주 동안 도보여행으로 아이슬란드를 횡단한 뒤 그 내용을 담았다). 무엇을 하든 이야기를 풀어낼 새로운 연결 고리와 시각을 발견할 수 있다. 페이지가 쌓일수록 소설 속 시선으로 삶을 바라보게 될 것이고 이렇게 작품 속에서 뻗어나온 시선은 당신의 또 다른 면모를 포착할 것이다. 일상적 삶을 넓히면 당신의 작품이 추구하는 바를 파악할 수 있다.

이야기를 만드는 인물의 모든 것

| 인물의 이름과 신체적 특징 만들기 |

나는 등장인물의 이름을 정할 때 망설이곤 한다. 이 사람은 흔한 이름이 어울릴까, 특이한 이름이 어울릴까? 중성적인 이름이 나을까, 전형적인 이름이 나을까? 하지만 시간이 흐르면 내가 선택한 이름이 인물에 완전히 깃들어서 다른 이름으로 부르는 건 상상할 수조차 없게 된다.

좋은 이름은 좋은 제목만큼이나 작품을 만들어나가는 데 도움이 되지만 소설을 쓰는 내내 작가가 다뤄야 할 소리 뭉치기도 하다. 특히 주인공 이름은 소설 안에서 가장 자주 등장하고 가장 많이 반복되는 소리다. 어떤 작가는 샘 갬지(J.R.R. 톨킨 소설 『반지의 제왕』의 등장인물 샘 와이즈 갬지에서 인용–옮긴이)라는 주인공 이름이 마음에 들어서 그 이름으로 문장을 만들 때마다 신이 나겠지만, 어딘가 발음하기 불편해 주인공 이름으로 썩 내키지 않는 작가도 있을 수 있다. 자기 글의 톤과 잘 어울리는 이름을 궁리하라. 아니면 그 이름을 계속 반복하면서 작품의 톤에 녹아들게 하라. 앞으로 써야 할 많은 문장에는 좋든 싫든 그 이름이 들어갈 수밖에 없으니까.

눈에 띄는 신체적 특징을 이용하여 주인공을 독자에게 각인시키는 방법도 있다. 『모비 딕』 속 에이해브 선장의 고래 뼈 의족, 『반지의 제왕』 속 간달프의 긴 수염, 해리 포터의 번개 모양 흉터를 생각해보라. 그들의 신체에서 가장 눈에 띄는 특징을 언급하기만 해도 우리는 그 인물을 떠올릴 수 있다. 게다가 신체적 특징에는 그 인물의 과거와 추억도 담겨 있다. 에이해브 선장의 의족에 얽힌 사연을 듣고 과거에 있었던 인물 간의 갈등을 연결 지을 수 있는 것처럼 말이다(환유법이나 제유법이라는 수사법과 관련 있지만, 이런 어려운 말을 몰라도 이 방법을 사용하는 데는 아무 지장이 없다). 또 신체적 특징은 소설 도입부에서 작가가 아직 작품 속에서 구현해내지 못한 인물의 미래를 암시하기도 한다. 후크 선장을 생각해보라. 그의 손에 그를 설명할 수 있는 모든 게 들어 있다. 동화 「빨간 모자」 속 살짝 구겨진 새빨간 망토 아래 환히 빛나는 소녀는 또 어떤가.

| 인물 계속 행동하게 하기 |

아직 이름을 정하지 못했다면? 작가는 자신의 주인공이 어떤 사람인지 알아야 하기에 이름이 없으면 다른 방법이라도 찾아야 한다.

나는 주인공의 이름을 정하지 못한 채 소설을 쓰기 시작한 적이 있다. 그때 나는 내 주인공을 계속 행동하게 만들겠다는 한 가지 원칙을 세웠다. 그러자 순서에 상관없이 원하는 장면을 쓸 수 있었다. 일상적인 행동을 통해 그의 내면이 드러나도록 계속해서 주인공을 움직이게 만들었는데, 예를 들면 주인공이 관심을 보이는 대상에 대해 쓰면서 그가 무엇을 기억하는지, 무엇을 두려워하는지를 알아내려 했다. 이런 식으로 소설의 전체 줄거리를 탐색했다. 계획에 의해서가 아니라 초고를 써나가면서 소설의 메인 스토리가 정해진 것이다.

이런 이유로 등장인물에겐 직업이 있는 게 좋다. 사람은 일을 할 때와 집에 있을 때 다른 사람이 된다. 자기 직업을 어떻게 생각하는지, 일 처리는 어떻게 하는지 유심히 보면 그 사람이 어떤 사람인지 알 수 있다. 집안일에 소매를 걷고 나서는 가정에 충실한 남자가 일터에서는 게으르기 짝이 없는 회계사라면 이 사람은 자기 삶을 이루는 두 부분을 다르게 느끼며 아마도 일터보다 가정에서 느끼는 성취감이 더 큰 사람일 것이다. 타깃을 쥐도 새도 모르게 침착히 해치우는 킬러는 혹독한 시간을 견뎌온 프로일 가능성이 크고, 뱃멀미 때문에 정신을 못 차리는 원양어선 어부는 바다 위 생활이 익숙치 않은 초짜일 가능성이 크다. 이렇듯 행동은 그 사람을 말해준다. 생각해보라. 평소에는 얌전하고 수줍음 많은 소년이 상식 퀴즈만 했다 하면 열변을 토하며 압도적인 실력을 보인다면 작품 후반부에 예정된 퀴즈 쇼에서 우승은 따놓은 당상일 것이다.

| 인물의 속마음 파악하기 |

소설가 클레어 베이 왓킨스는 이런 말을 했다. "작가는 인물이 속으로 무슨 말을 하는지 알아야 한다. 그리고 한 단계 더 나아가 그 속마음에 대해서 어떻게 생각하는지도 알아야 한다. 누구나 내면에는 자기 자신을 주인공으로 삼는 '메타 서사'가 있다." 소설가 로라 밴덴버그도 어느 인터뷰에서 "자신을 서사화하는 것과 선택적으로 기억하는 것, 이 두 가지는 인간의 필수적인 생존 기술인 것 같다"고 말했다. 그러고는 조앤 디디온의 명언을 덧붙였다. "우리는 살기 위해 스스로에게 이야기를 건넨다."

두 작가 모두 결국은 짐 셰퍼드가 했던 이 말을 하려던 게 아닌가 싶다. "우리의 자기표현에는 스스로에 대한 비난과 변명이 희한하고도 완벽하게 얽혀 있는데, 무의식적이면서도 철저한 계산을 통해 이루어진 것이라 더없이 흥미롭다."

빙빙 돌려 말하고 있지만 이 작가들은 하나의 서사 안에서 여러 이야기가 동시에 진행될 수밖에 없으며 그것이 이상적이라는 말을 하고 있는 것이다. 예를 들어 주인공의 현재 사건을 그리는 소설도 알고 보면 사건의 동기와 과거에 대한 주인공의 생각이 함께 그려지고 있고, 어떤 인물이 다른 인물에 대해 하는 이야기도 완전히 터놓고 하지 못하는 다른 이야기가 섞여들어 있다. 가령 어린 시절 엄마에 대해 딸이 회상하는 내용과 딸의 어린 시절에 대해 엄마가 회상하는 내용은 서로 다를 수 있으며 그들은 그 차이를 알아차리지 못할 수도 있다. 여기서 생기는 오해가 또 다른 이야기와 갈등을 낳고, 이 갈등은 가족의 분열이나 치유를 다루는 비극 혹은 드라마로 이어진다.

한편으로 생각해보면 우리 모두 스스로 자신을 숨기거나 숨겨진 채 오인되며 살아가는지도 모른다. 직장도 있고 결혼해서 가정도 꾸릴 수 있는 어른인데도 여전히 어린 자식처럼 바라보는 부모도 있고, 이제는 술을 끊고 성실하게 살아가는 사람이지만 과거의 좋지 않은 행적으로만 그 사람을 기억하는 이도 있는 것처럼 말이다. 현재 그 사람과 과거의 그 사람 사이에는 크든 작든 간극이 존재한다. 그 안에 있는 가능성에 주목할 때 소설은 재미있어진다.

가끔은 이미 써놓은 글을 다시 읽어보는 것도 좋다. 인물들끼리 혹은 주인공 혼자 하는 이야기 안에서 잠재적 갈등을 찾아보는 것이다. 당신의 인물이 가진 사연을 알게 되면 그 인물이 어떤 사람인지 알게 된다. 어떤 사람이고, 어떻게 지금 모습이 되었는지 인물이 보여줄 수 있도록 하자. 다시 말해 등장인물이 지나온 행적에 관심을 기울이고, 그들이 하는 말이 본심인지 따져볼 수 있는 새로운 장면을 쓰라. 우리 목표는 이야기 속에서 그들의 진짜 모습을 더 많이 드러내는 것이다.

| 조연 이리저리 움직여보기 |

초고를 쓰는 내내 조연으로 쓸 만한 인물을 두고 끊임없이 가상 오디션을 보는 건 내 일상이 되었다. 주요 등장인물 외에는 나도 아직 그들이 누구인지, 어디에서 자기 역할을 할 수 있을지 정확히 모르기 때문이다. 조연은 주로 특정 배경에서 이야기 전개에 필요한 역할을 하거나 주인공을 돋보이게 하는 역할로 등장하는데, 이때 꽤 웃기는 대사가 그들 입에서 흘러나오거나 의외의 반응을 주인공에게서 이끌어낸다 싶으면 그 조연에게 마음이 가곤 한다. 그러면 다른 장면에서도 그 조연을 등장시킬 수 있을지 궁금해진다. 가령 '이 사람을 다른 장면에서 또 쓸 수 있을까? 아예 다른 환경, 아니면 같은 장소에서 상황만 다르게 해서 주인공과 다시 만나게 하는 건 어떨까?' 같은 생각이 머릿속에 떠오른다. 조연은 주인공만큼 어떤 극적인 설정이 필요치 않으므로 이전에 등장했을 때와 비슷한 모습으로 상황에 맞게 주인공 옆에 데려다 놓기만 하면 눈에 띄는 차이를 만들 수 있다.

작가는 종종 너무 많은 인물을 이야기 속에 등장시키기도 한다. 예를 들어 주인공에게 아들이 셋 있는 걸로 설정하고는 머지않아 세 아들을 각각 다른 인물로 만드는 일이 만만치 않음을 깨닫는다. 그들 중 한 명은 순종적, 한 명은 반항적, 나머지 한 명은 둘 다라면 그 셋을 둘로 합치면 된다. 순종적인 아들과 반항적인 아들, 둘만으로도 충분하며 이렇기도 하고 저렇기도 한 변덕스러운 세 번째 아들이 공간을 차지하지 않아도 되니 극적 효과도 더 커질 수 있다.

그런데 만약 400페이지 정도를 썼는데 이런 일이 일어난다면 어떻게 해야 할까. 이때 작가는 딜레마에 빠진다. 여기서 멈추고 앞의 400페이지를 고쳐야 할까? 그러면 괜히 한창 탄력을 받아 앞으로 치고 나가던 흐름이 끊기는 건 아닐까? 맞다. 많은 페이지를 고쳐야 하기에 흐름이 끊길 가능성이 높다. 그러니 우선은 써나가는 데 집중하라. 어차피 나중에 크고 작은 수정을 거칠 것이다.

맨 처음 맡았던 소설 창작 수업에서 한 학생이 바로 그렇게 했다. 그 학생은 작품을 써나가던 도중에 서로 다른 두 개의 설정을 두고 고민했는데, 하나는 아버지와 아들이 등장하는 설정이었고, 다른 하나는 아들만 등장해 아버지의 역할까지 소화하는 설정이었다. 그런데 막상 수정할 때가 오자 고민했던 그 문제는 이미 절반가량 해결된 상태였다. 소설의 후반부에서 모든 것이 제자리를 찾아갔기 때문이다.

나도 소설을 쓰다가 어떤 인물을 놓고 아주 우유부단하게 군 적이 있다. 소설을 쓰기 시작할 때부터 중반에 이를 때까지 한 인물을 넣었다 빼기를 몇 번이나 반복했다. 그 학생처럼 용감하게 써나가보고 싶었지만 나는 그러지 못했다. 선택을 밀고 나가기는커녕 깜빡이는 불빛처럼 그 인물을 만들었다 없애기를 반복할 뿐이었다. 비효율적인 것은 물론 혼란과 실망을 오가는 과정이었다. 그렇게 글을 붙잡고 늘어지다가, 그 인물이 들어간 장면과 들어가지 않은 장면을 두어 차례 더 써보고 나서야 그 인물이 소설에 필요하다는 결론을 내렸다. 이제 앞으로 돌아가서 그가 나오지 않았던 수많은 장면에 다시 그를 넣어야 하는 상황이 되었지만, 어쩔 수 없었다. 끝에 가서 결국 글 전체를 뜯어고치게 됐기 때문에 어차피 그가 등장하는 장면들까지도 전부 손봐야 했다. 그러니까 내가 하려는 말은, 그 학생처럼 밀고 나갈 자신이 없더라도 마냥 손 놓고 기다리지는 말라는 소리다.

한 장면을 두세 가지 방법으로 시도해보면 대부분 답이 나온다. 잊지 말라. 목표는 효율적인 작업이 아니라 좋은 작품이다. 좋은 작품으로 가는 길은 막막하고 순탄치 않아서 왔던 길을 되짚어가야 할 때도 많다. 하지만 달리 방도가 없다. 결국은 그 길이 우리를 목적지로 데려다주리라 믿으면서 묵묵히 걸어가는 수밖에.

같은 장소로 다시 보내자

초고를 쓰면서 기회가 있을 때마다 장소를 어떻게 재활용할지 고민하라. 소설 한 편에 수백 가지 배경이 등장할 필요는 없다. 혹시라도 영화사에 판권을 팔고 싶다면 더 말할 것도 없고.

새로운 배경을 자꾸만 만들기보다 상황이 바뀔 때마다, 그러니까 인물에게 새로운 생각이나 갈등, 욕망이 떠오를 때마다 동일한 장소에 그들을 다시 보내라. 전에 갔던 그 장소 혹은 전에 만났던 그 사람을 다시 마주했을 때 주인공의 목적의

식이 어떻게 바뀌는지 지켜보라. 과거에 만났던 사람도 다른 사람으로 변해 있을 수 있다.

독립한 학생들에게 본가에 가서 예전 침대에서 잠을 자고, 오래된 식탁에 앉아 밥을 먹으면 어떤 기분이 드는지 물어보곤 한다. 그러면 학생들은 예상대로 창고로 바뀐 자신의 침실에 대하여 그리고 이제는 그 집의 모든 것이 얼마나 작게 느껴지는지에 대하여 이야기를 쏟아낸다. 물론 예전 모습을 고스란히 간직하고 있는 집도 있다. 하지만 학생들만큼은 그때와는 전혀 다른 사람이기에 설령 그들 부모가 타임캡슐에 버금갈 정도로 그들의 방을 그대로 보존하고 아직도 그들을 중고등학생 취급하더라도 학생들은 그동안 새롭게 받아들인 것들로 그 오래된 방을 바꾸어놓는다.

리들리 스콧 감독의 〈블레이드 러너〉라는 작품을 좋아한다. 전에는 몰랐는데 최근에 다시 보니까 영화의 배경이 되는 미래 도시가 수차례 반복적으로 등장하고 있었다. 이 영화가 묘사한 미래의 모습은 오랫동안 대중문화에서 주로 재현하는 미래상의 하나로 자리 잡았지만, 상상력의 결정체라 할 만한 사건은 의외로 몇 군데 되지 않는 장소에서 이루어졌다. 주요 장소라고 해봐야 타이렐의 사무실, 데커드의 아파트, 서배스천의 집, 차이나타운 거리와 상점이 전부다. 딱 한 번씩 등장하는 장소(예를 들어 조라가 일하는 클럽)도 있지만 대부분은 이곳들이 반복적으로 등장한다. 새로 입수한 정보를 확인하기 위해 데커드가 다시 찾아가는 타이렐의 사무실, 타이렐을 떠난 레이철이 다시 찾은 데커드의 아파트, 그런 레이철에게서 전에 볼 수 없던 위기감과 두려움을 감지하는 데커드, 레이철의 위기감과 두려움이 바꿔놓는 두 인물 사이의 힘의 균형, 혼자 사는 데커드의 지저분한 아파트를 본 레이철의 못마땅한 반응까지.

소설의 배경이 다루기 벅찰 정도로 많다고 느껴지면, 이미 써놓은 배경을 살펴보고 가장 괜찮은 데서 새로운 장면을 만들어내라. 다만 지난 장소로 돌아갈 때는 인물이나 장소 둘 중 하나는 변해 있어야 한다.

다음 두 장면을 떠올라보라. 엄마이자 아내가 되어 30년 만에 어릴 때 살던 집을 찾아온 여자가 너무나 그대로여서 흉흉함마저 감도는 옛집 앞에 선 장면, 평소와 다를 바 없이 아침에 등교했던 소녀가 귀갓길에 불길에 휩싸여 있는 자신의 집을 보고 있는 장면. 어느 쪽이든 그다음에는 뭔가 새로운 일이 일어날 것이다. 어떻게 그러지 않을 수 있겠는가? 삶에서 많은 일을 겪고 돌아온 여자는 하나도 변하지 않은 옛집을 어떤 시선으로 바라볼까? 여느 날과 다를 바 없을 줄 알았던 하루를 비극적인 상실로 마무리한 소녀는 앞으로 어떤 사람이 될까?

이렇게 인물이든 장소든 둘 중 하나는 변화를 줘야 한다. 그런 다음 다시 연결 짓는 것이다. 그러면 무언가 변한 쪽에서, 변함없이 그대로인 쪽을 움직이게 만들 수 있다. 다 큰 어른이 되어 어린 시절의 집을 다시 찾은 사람에겐 방들이 작게 느껴지지 않을 리 없고, 불타는 집에서 나온 소녀는 오늘 아침까지의 그 소녀와 같은 사람일 수 없다.

확실한 장면을 만들자

초고를 쓸 때 생각보다 많은 작가가 비슷한 좌절감을 맛본다. 지금 쓰고 있는 게 너무 단조롭다고 느끼는 것이다. 꼭 위기까지는 아니더라도 좌절감은 예상보다 크게 다가올 수 있다. 추측에 기댈 수밖에 없는 단계라서 더더욱 그렇게 느껴질지 모른다. 도입부에서는 작품의 배경이 되는 현재 상황을 설명하는 데 상당한 시간을 쏟기 때문이다. 생각해보라. 주인공의 삶을 뒤흔드는 사건이 벌어지기 전에 그가 살던 세계가 어떤 세계였는지 설명하는 장면과, 주인공이 자신의 목표를 달성하기 위해 적극적으로 행동하는 장면 중 어느 쪽이 더 늘어져 보이겠는가?

이 지지부진한 느낌을 극복하기 위한 방법으로는 맨 앞에 나왔던 몇몇 장면의 결과를 다양하게 만들어보는 것이 있다. 제프 밴더미어는 플롯을 전개하는 네 가지 요소로 **발견**, **복잡성**, **반전**, **해결**을 꼽는데 이 중 적어도 하나는 있어야 성공적인 장면이라 할 수 있다. 대체로 '발견'은 이야기 초반에, 결정적 '반전'은 결말에 가까워질 때 등장한다. 당신의 이야기가 지금 어느 단계에 있든 거기서 더 나아가고 싶다면 무언가를 발견하는 장면, 관계나 상황이 복잡해져 혼란을 겪는 장면, 반전이 드러나는 장면, 문제가 해결되는 장면을 써보라. 네 장면을 완벽하게 쓰는 것이 목표가 아니다. 목표는 페이스를 되찾아 다시 써나가는 것이다. 못해도 대여섯 페이지 정도면 늘어지는 그 느낌에서 벗어날 수 있을 것이다. 혹시 아는가? 운이 좋아 인물에 관한 새로운 사실과 그들이 극복해야 할 또 다른 문제, 미래에 벌어질 사건을 암시하는 네 개의 역동적인 장면을 얻게 될지도.

나도 비슷한 방법으로 효과를 봤다. 《뉴요커》에 실린 비평가 조슈아 로스먼의 「시나리오 기획」이라는 글에서 영감을 얻었는데, 그 내용에 따르면 기업이 어떤 행동의 결과를 예측할 때 활용하는 '시나리오 기획의 기본'은 미래를 세 가지로 예측한다고 한다. 상황이 좋아지는 경우, 상황이 나빠지는 경우, 상황이 이상해지는 경우. 다음 장면에서 무슨 일이 일어나는 게 좋을지 확신이 없을 때는 이 세 가지 경우를 각각 하나씩 써보는 것도 방법이다. 잘하면 막혔던 글이 풀리는 계기가 될 수도 있다. 시퀀스 형식도 좋고, 섬처럼 개별적으로 만들어도 좋으니 세 가지 경우에 어떤 장면이 나오는지 그 결과에 주목하라. 그런 다음 세 장면의 느낌이 어떻게 다른지, 캐릭터와 플롯에 어떤 다양한 가능성을 열어줄 수 있는지 곰곰이 생각해보라. 당신은 여기서 어디로 갈 수 있을까? 앞에 나온 다른 장면도 이렇게 개선할 수 있을까?

| 습관적 행동을 특별한 행동으로 바꾸기 |

무의식중에 초고 도입부에서 일반적이거나 습관적인 행동을 쓰고 있는 나를 발견할 때가 있다. 등장인물의 반복적 일상이나 기존의 행동 패턴을 기어코 묘사한다는 말이다. "그는 침대에서 몸을 일으키기조차 힘든 날이 있다." "그는 엄마가 몰아붙이면 맨날 핑계를 대곤 한다." "그 사람은 항상 지각을 한다. 별수를 다 써봤지만 소용없었다." 같은 문장들이다.

그런 날이 있다, 하곤 한다, 맨날, 항상, 이런 말은 계속 이어지는 습관적 행동을 가리킨다. 다시 말해 구체적인 장면에서는 일어나지 않는 행동이다. 그런데 이와 같은 습관적 행동이 주인공의 삶을 뒤흔드는 첫 사건보다 먼저 나오는 경우가 허다하다. 이야기가 전개되기도 전에 나오는 것이다. 습관적 행동이 많이 나오는 훌륭한 소설도 물론 있지만, 일반적으로 습관적 행동이 끊임없이 나온다는 건 수정이 필요하다는 신호다.

습관적 행동 묘사를 줄일 수 있는 방법이 있다. 독자의 영리함을 이용하면 된다. 누구나 알다시피 하나의 장면은 다른 많은 장면을 대변한다. 1장에서 어떤 인물이 잔인한 행동을 한다면 우리는 이전에도 그가 잔인한 사람이었다는 걸 안다. 비슷한 예로, 주변에서 아무리 응원을 해줘도 다이빙대 끝에만 서면 끝내 뒷걸음질 치고 마는 사람이 있다면 우리는 이런 상황이 어제오늘 일이 아니라는 걸 알 수 있다. 따라서 "줄리엣은 다이빙대 끝에만 서면 발이 떨어지지 않았다"라고 습관적 행동을 묘사하기보다는 이렇게 쓰는 게 낫다. "넌 할 수 있어. 줄리엣은 스스로 그렇게 다짐하며 사다리를 올라갔다. 다이빙대 끝으로 성큼성큼 걸어가 뛰어내릴 준비를 마친 그때 풀장의 평평한 물 위로 크게 입을 벌리고 있는 허공을 내려다보는 순간 방금 했던 굳은 다짐이 흔들리기 시작했다. 밑에서는 친구들의 웃음소리가 들려왔다. 언제나 똑같은 그 웃음소리가." 두 번째 버전은 더 구체적인 상황 묘사와 함께 줄리엣의 현재 상태가 어떤지까지도 보여준다. 이렇게 쓰면 앞으로 펼쳐질 사건들에 의해 줄리엣이 변하게 될 것을 암시할 수 있다. 순조롭게 흘러간다면 줄리엣은 언젠가 다이빙대에서 주저 없이 뛰어내리는 사람으로 변해 있을 것이다.

이런 구체적인 상황 묘사는 독자에게 정서적 울림을 준다. 감정이란 말로 설명하는 것보다 장면을 통해 보여줄 때 훨씬 잘 전달되기 때문이다. 습관적 행동을 요약하는 대신 감각이 들어간 구체적인 상황 묘사와 그 순간의 내면을 보여주는 데 집중하라. 그래야 용감한 사람이 되고 싶은 줄리엣의 열망이 효과적으로 드러나고 독자 또한 마음속으로 줄리엣과 같은 것을 원할 수 있다. 독자는 언제나 주인공의 열망을 응원하도록 되어 있다.

| 연속적인 장면으로 확장하기 |

초고에서 좀 더 역동적으로 나아가고 싶다면 하나의 장면을 연속적인 장면으로 바꿔보라. **같은 장소로 돌아가거나 똑같은 유형의 사건을 여러 차례 반복하는 것**이다. 앞에서 우리는 다이빙을 두려워하는 줄리엣을 만났다. 최대한 쉽고 빠른 전개를 위해 첫 장면부터 다이빙대에서 결국 뛰어내리지 못하는 줄리엣의 모습을 보여줬다. 이 장면을 반복해 연속적 장면으로 만든다면 이렇게 될 것이다. 결국 뛰어내리지 못한 줄리엣은 그 후 일련의 사건(담력을 키우는 특별훈련을 통해 두려움 극복에 나선다)을 겪고 다시 다이빙대로 돌아온다. 나름 성장했다고 느꼈지만 이내 아직 멀었다는 사실만 또다시 깨닫게 되고(다른 상황에서는 예전과 달리 용감해진 면모를 보이지만 다이빙대에서는 여전히 발이 떨어지지 않는다), 더 많은 일을 겪고 나서야 서서히 강한 사람으로 변해가기 시작한다. 그렇게 세 번째로 다이빙대에 섰을 때 줄리엣은 마침내 거침없이 뛰어내리고, 언제나처럼 비웃던 친구들은 벌린 입을 다물지 못한다.

다른 예를 살펴보자. 영화 〈가타카〉에서 에단 호크가 연기한 빈센트는, 유전학적으로 우수한 유전자를 가진 사람들만이 최고의 직업을 가질 수 있는 미래의 세상에서 육체노동을 하며 살아갈 운명을 지닌 '부적격자'다. 반면 빈센트의 동생 안톤은 '적격자'다. 어린 시절부터 빈센트가 동생의 상대가 되지 못했다는 사실은 그들이 벌였던 수영 대결을 통해 드러난다. 10대 시절 그들은 먼 바다까지 헤엄쳐 갔다가 먼저 육지로 되돌아오는 사람이 지는 게임을 했는데, 그때 먼저 겁을 먹고 되돌아온 건 빈센트였다. 심지어 익사 직전의 빈센트를 안톤이 구해주기까지 했다. 한편 성인이 된 빈센트는 속임수를 써서 적격자 행세를 하는 데 성공하고 그토록 열망하던 우주비행사로

선발된다. 이후 결말에서 다시 벌인 빈센트와 안톤의 수영 대결에서 그들은 그 어느 때보다 멀리까지 헤엄쳐 나가게 된다. 그런데 먼저 돌아온 사람은 안톤이었고 심지어 빈센트가 안톤의 목숨을 구해주기까지 한다. 어린 시절 벌였던 수영 대결의 결과가 뒤바뀐 것이다.

두 장면은 수십 년의 시간을 사이에 두고 반복되지만 근본적으로는 같은 장면이다. 그러나 상황이 달라졌다. 승자와 패자, 사고자와 구조자의 역할이 바뀌었고 정서적 울림도 달라졌다. 과거엔 빈센트의 열등함을 드러내던 장면이 이제는 그의 회복력과 추진력, 자기보다 태생적으로 '더 나은 사람들'과 어깨를 나란히 할 수 있음을 증명하는 장면이 되었다. 독자로서 우리는 이러한 장면에서 엄청난 만족감을 느끼고, 작가로서 우리는 작품에서의 가능성을 발견한다. 이미 만들어놓은 것을 되돌아보면서 무엇을 만들어야 할지 알아가는 방식으로.

| 나열식 서술로 시간 다루기 |

나열식 서술을 잘 활용하면 단순 요약보다 더 수준 높은 방식으로 내용을 전달할 수 있다. 여기서 나열식 서술이란 말 그대로 사건이나 정보를 어떤 특별한 장치 없이 순차적으로 죽 늘어놓는 걸 말하는데, 긴 시간이나 많은 정보를 압축해 전달할 때 유용한 서술 방식이다. **빠른 전개를 이어나가는 사이사이에 아주 작은 장면 한두 문장을 끼워 넣으면 더 효과적이다.** 구체적인 정보로 긴 설명을 대신할 수 있기 때문이다.

로런 그로프의 장편소설 『아르카디아』로 예를 들어보자. 이 소설은 장이 끝날 때마다 시간을 훌쩍훌쩍 뛰어넘는다. 그러다 보니 작가는 주인공이 속해 있던 환경의 인물들 근황을 독자에게 알려줘야 하고, 새로운 시간 속에 놓인 주인공이 낯설게 느껴지지 않도록 독자를 적응시켜야 한다. 그렇다면 그로프는 청년이 된 주인공 비트를 독자에게 어떻게 적응시키는지 한번 살펴보자.

비트가 마지막으로 등장한 지는 몇 년이 흘렀고, 그는 앳된 청년이 되어 있다.

> 난생처음 슬픈 일을 겪은 비트는 학교로 돌아갔고, 졸업 후 큰 어려움 없이 대학에 갔다. 코넬대학교 2학년 때는 스미스대학교에 다니던 진시를 찾아가 헬레가 노르웨이에서 돌아왔다는 소식을 들었다. 진시는 뭐랄까, 그물의 중심에 있는 매듭 같은 존재였다. 어떻게든 사람들을 찾아내서 그들과 계속 소식을 주고받는 그런 사람이었다. 그 첫 만남 이후 몇 년이 지났을 때, 헬레가 JC페니의 광고 모델로 일하고 있다고 비트에게 얘기해

준 사람도 진시였다. 진시는 그 후 로스앤젤레스로 떠났고 샌프란시스코로 이사했다가 얼마 뒤 중독 치료 센터에 들어갔다. 비트는 다시 콜과 절친이 되었다. 두 사람은 스물네 살 때 그들이 살던 곳에서 두 블록 떨어진 슈퍼마켓에서 서로를 동시에 발견했다. 콜은 헬레의 소식부터 전했다. 헬레는 결혼했지만 그 결혼은 무효화되었고 그때만 해도 마이애미에 있었는데 시간이 흘러 이제 헬레의 행방을 아는 사람이 아무도 없다고 했다.

어느새 비트는 서른다섯이었다. 자주 그런 생각을 한다. 시간이란 그렇게 가는 거라고. 비트는 가난에, 갤러리들의 관심을 차지하려는 아귀다툼에 넌더리가 났고 이제 웬만한 개인전도 만족스럽지 않았다. 그는 예술학 석사를 위해 학교로 돌아가 조교수 자리를 얻었다. 그렇게 보슬비가 내리던 어느 봄날, 비트는 콜에게서 걸려온 전화를 받았다. 헬레가 마을로 오고 있다고….

긴 시간을 얼마나 빠르게 이동하는지 눈여겨보라. 고등학생이었던 비트는 한 문단 만에 서른다섯 살이 되고, 그 과정에서 우리는 여러 인물(비트, 진시, 헬레, 콜)의 근황을 들을 수 있었다. 특히 비트가 스물네 살 때 헬레의 모든 흔적과 함께 이야기 속에서 시간을 나타내는 표식이 전부 사라지고 "헬레는 결혼했지만 그 결혼은 무효화되었고 그때만 해도 마이애미에 있었는데 시간이 흘러 이제 헬레의 행방을 아는 사람은 아무도 없다고 했다." 이 한 문장만으로 11년의 시간이 설명된다.

비트가 서른다섯 살이 된 두 번째 문단에서는 나열식 서술을 끝내고 새로운 사건이 시작되는 장면이 펼쳐진다. 발단이 되는 사건, 바로 헬레의 소식을 전해주는 콜의 전화다. 혼란이나 늘어짐 없이 20년이라는 세월을 단 두 문단만으로 처리하며 소설의 중심이 되는 상황으로 독자를 끌고 간다.

나열식 서술로 압축한 설명(그리고 그 안에 속한 작은 장면들)을 어느 대목에 활용해야 할지 감을 잡기 어려울 수 있다. 그렇다면 이때도 이미 만들어놓은 이야기를 살펴보면 수월하다. 위 작품에서처럼 시간을 건너뛸 만한 구간을 찾아보자. 대개는 계절과 연 단위로 최대한 빠르게 건너뛰며 핵심 장면들만 전달하고자 할 것이다. 이야기의 흥미로운 부분에 한시바삐 도달하고 싶은데 지루한 부분을 지나느라 답답하고 조바심이 난다면 어디서든 이 방법을 시도해보라. 먼저, 주인공의 삶에서 '지루하지만' 꼭 필요한 부분은 나열식 서술로 처리하고 디테일한 정보나 사소한 사건을 사이사이에 집어넣은 다음, 구체적인 행동을 통해 이후에 펼쳐질 결정적 장면으로 이끄는 것이다. 이때는 물론 설명이 아닌 세부적인 행동과 직접적인 대화로 끌고 가야 한다.

| 대조적 장면 활용하기 |

초고에서 이질적인 두 장면이나 요소를 가까이 두면 이야기를 만들어나가기 쉽다. 이들은 같은 극의 자석과도 같아서 붙여놓거나 맞대어놓으려 할수록 서로를 밀쳐낸다. 그런데 어딘가 잘못된 듯한 이 만남에는 의외로 자기장과 같은 에너지가 있어서 유심히 보면 다음에 쓸 만한 흥미로운 이야깃거리를 발견할 수 있다.

대조와 병치는 작품 속 이미지와 사건, 인물의 특징, 문체, 주제와 아이디어를 이용해 만들 수 있고, 배경을 묘사할 때 독자의 예상과 어긋나는 언어를 사용함으로써 만들 수도 있다.

초창기에 나는 이런 효과를 내보려 시대 설정과 맞지 않는 언어를 사용한 적도 있다. 가령 미래가 배경이라면 의도적으로 예스러운 말을 쓴 것이다. 지금도 그럴 때가 있다. 가끔은 현대의 삶을 이야기할 때도 SNS나 광고에서 쓰는 일상적인 언어를 사용하는 것보다 옛날 사람들이 썼을 법한 말을 만들어서 사용하는 게 더 흥미롭다. 종종 재미있는 미학적 효과가 나타나기도 하고.

초고를 쓰다가 어느 시점이 되면 당신은 이 소설에 어울리는 내용과 어울리지 않는 내용, 딱 맞는 내용과 도무지 끼워넣기 힘들어 보이는 내용이 어떤 건지 꿰고 있게 될 것이다.

이 단계에서 새로운 아이디어를 내는 방법이 있다. 주제와 딱 맞아떨어지는 내용과, 주제와 가장 동떨어져 보이는 내용이 섞인 장면을 하나 써보는 것이다. 웬만해서는 자연스러워 보일 수 없는 두 사건을 동일한 시공간에 넣는 방법도 있다. 예를 들면 장례식장에서의 프러포즈처럼.

잘 어울릴 수 있는지 알고 싶다면 머리가 아니라 페이지 위에서 맞춰보는 것이 좋다. 서로 밀쳐내려는 이야기들을 최대한 가깝게 붙여놓고 그 저항력이 만들어내는 무언가를 쓰라.

| 서술되는 시간 vs 서술하는 시간 |

장면 차원에서 고려해야 할 또 다른 선택지가 있다. 바로 이야기의 서술 시점이다. 열 살짜리 아이가 눈앞에서 벌어지는 사건을 그 자리에서 묘사한다고 해보자. 겨우 십 년 동안 쌓인 삶의 경험치가 전부이니 아이의 묘사엔 어쩔 수 없이 한계가 있다. 똑같은 사건을 100세 노인의 시점에서 회상한다면 어떨까. 평생의 경험과 지혜가 더해져 힘이 실릴 것이다. 신뢰하기에는 너무 흐려져버린 노인의 기억력 때문에 문제가 더 복잡해지면서 새로운 국면을 맞을 수도 있고.

초고를 쓰는 동안 **서술되는 시간**과 **서술하는 시간**을 놓고 몇 가지 결정을 내려야 한다. 이 결정에 따라 소설이 어떻게 읽힐지, 이야기꾼으로서 작가가 어떤 선택을 했는지 판가름 나기도 한다. **서술되는 시간이란 소설 속에서 다루는 시간 그 자체**이며, **서술하는 시간이란 화자가 이야기를 전하는 그 순간**이다. 사이가 소원해진 아빠가 산타클로스로 변장해 열 살짜리 아이의 눈앞에 나타나는 이야기가 1940년 성탄절 전야에 벌어지고 있다면 그 밤은 서술되는 시간이다. 반면 서술하는 시간은 그날 밤일 수도 있고 한 달 후일 수도 있으며, 어느덧 늙어 어린 시절 회상에 잠긴 100세 노인이 주인공이라면 2030년 성탄절 전야일 수도 있다.

작가가 사건을 어디서 바라보느냐에 따라 묘사와 설명, 설득력이 달라질 수 있으므로 다양한 시점에서 써보면서 당신의 이야기에 어떤 가능성이 존재하는지 찾아보라. 서술하는 시간과 서술되는 시간 사이를 넘나들며 일정한 패턴을 만들 수도 있고, 갑작스럽게 이야기를 중단해야 하거나 무언가를 바로잡기 위해 시점을 바꿔볼 수도 있다. 예컨대 아이의 관점에서 쭉 써 내려가다 딱 한 번 노인 시점에서의 문장을 불쑥 끼워 넣는 것이다. 그러면 언제라도 노인의 시점에서 이야기를 풀 수 있다는 여지를 남길 수 있다. 아니면 지금까지 독자가 받아들인 이야기를 완전히 다른 관점으로 해석하게 만들도록 결정적 순간에만 딱 한 번 시점을 바꿀 수도 있다.

작품 속에서 크게 쓸모없는 부분이 있다면 이러한 서술 시점을 분석해 변화를 주어야 한다. 이미 써놓은 내용을 고쳐도 좋고 새로운 내용을 추가해도 좋다. 예를 들면, 산타클로스를 만난 아이의 서술에 이어 이런 문장을 덧붙여보는 것이다. "산타클로스가 없다는 건 나중에 알게 됐다. 바보처럼 속은 건, 산타클로스의 존재를 믿은 건 오로지 그때뿐이었다. 하지만 아버지와 나 사이에 있었던 모든 일은 그때 내가 산타클로스라는 걸 믿었기에 가능했다."

| 등장인물 곤경에 빠뜨리기 |

소설가인 우리는 매력적인 인물을 만들어내고 그들과 사랑에 빠진다. 그러다 우리 주변 누구에게도 일어나지 않기를 바라는 끔찍한 상황으로 그들을 밀어 넣고는 또 얼마 후 이 곤경에서 어떻게 구해낼지 궁리한다. 그런데 이때 작가는 자신의 인물이 손쉽게 위기를 모면할 수 있도록 돕고 싶다는 유혹을 느낀다. 특히 그들이 불쾌하거나 복잡한 상황에 빠져 있을 때는 마음이 더 흔들린다. 하지만 마음을 다잡아야 한다. 그들이 땀 한 방울 흘리지 않고 그 상황을 빠져나가도록 두면 안 된다. 그들이 인생을 편하게 살고 있다는 생각이 들게 해서도 안 된다. 만약 그렇다면 그들이 더 고달픈 인생을 맛볼 수 있도록 내용을 고쳐야 한다.

조지 손더스가 말했듯 작가가 할 일은 "복잡한 상황을 향해 가는 것"이다. 주인공을 급류에서 멀리 떨어뜨려놓는 것이 아니라 "급류로 몰고 가는 것"이다. 주인공을 궁지에 몰아넣고 빠져나오지 못하게 하라. 이야기는 긴장과 갈등, 신체적 위험과 복잡한 감정 속에서 만들어지는 것이다. 그러니 주인공이 헤쳐나갈 수많은 장애물을 깔아놓는 것이 작가인 우리의 목표다. 써놓은 장면에도 골칫거리를 더하고 계속해서 다른 문젯거리를 해결하도록 만들라. 그러면 곧 흥미진진한 일이 일어난다. 그다지 흥미진진하지 않다면 더 참신한 장애물을 만들어서 그들 앞에 놓으면 된다.

초고를 읽다 보면 긴장이 흐르는 뇌관이 여기저기 흩어져서 따로 놀고 있을 때가 많다. 나는 수정을 하면서 그러한 것들을 한 장면 안에 몰아넣는 게 좋을지 생각한다. 가령 주인공이 사랑하는 사람 A와 B에게 각각 다른 거짓말을 했는데, 이 세 사람이 모여 대화를 나누게 된다면? 그것도 모자라 C와 D라는 인물이 끼어들면?

주인공을 한 가지 곤경에 빠뜨리는 것으로도 충분하지 않다. 아주 많은 시련이 기다리고 있어야 한다. 그렇게 해야만 골치 아픈 일이 일어난다. 골칫거리가 바로 이야기다.

| 장르의 필수적인 장면 |

지금 쓰고 있는 이야기는 어떤 장르인가? 독자가 그 장르에 가지고 있는 기대를 충족시키기 위해 반드시 들어가야 하는 장면을 생각해봤는가?

당신이 쓰고 있는 이야기는 따지고 보면 성장, 미스터리, 스릴러, 로맨스, 공상과학, 판타지… 그중 어딘가에 속할 것이다. "우리는 지금 어떻게 살고 있는가?"라는 질문을 탐구하는 현대적 사실주의 소설을 쓰고 있다고 해도, 플롯은 기존의 형태를 따르기 십상이란 얘기다. 셰익스피어처럼 위대한 작가의 작품을 변주하는 소설이 그토록 많은 이유도 바로 이것이다. 아무리 셰익스피어가 대중적인 장르와 거리가 멀다고 해도 그의 작품은 작가들이 저마다 살을 붙여나갈 수 있는 뼈대, 즉 플롯을 제공한다.

어떤 장르든 꼭 들어가야 하는 장면이 있다. 살인 미스터리물을 살펴보자. 이 장르라면 적어도 시신이 발견되는 장면, 범죄자를 추궁하거나 미스터리를 해결하는 장면, 정의가 실현되거나 짓밟히는 장면이 필요하다. 이 세 가지를 암시하거나 직접적으로 묘사하지 않으면 살인 미스터리물이라고 보기 힘들다.

지금 쓰고 있는 소설의 장르를 파악했다면 보통 그런 이야기에는 어떤 장면이 필수적으로 들어가는지 떠올려 구체적인 목록을 만들어보라. 어떤 장면이 빠졌는지 알겠는가? 그럼 그 장면을 쓰라! 이것은 새로운 소재를 발견하고 새로운 이야기를 만들어내는 좋은 방법이다. **필수적인 장면은 플롯을 발전시키기 때문이다.**

필수적인 장면은 다른 유형의 획기적인 이야기를 만들기도 한다. 미국 드라마 〈하우스〉가 그렇다. 이 작품은 배경만 병원인 형사물과도 같다. 범죄자는 매주 등장하는 불가사의한 질병이고, 환자의 몸은 범죄 현장이다. 의사들은 각 에피소드마다 경찰이나 탐정처럼 제공되는 실마리와 헷갈리는 가짜 단서들을 발견하고, 천재적 두뇌를 가진 주인공 그레고리 하우스는 셜록 홈스 같은 추리력으로 환자를 진단해 수수께끼를 풀고 사건의 진상을 밝힌다.

필수적 장면은 웬만해서는 빼지 않는 게 좋지만, 경우에 따라서는 오히려 한 장면 정도 뺀다거나 그 자리에 뜻밖의 장면을 집어넣으면 독자의 예상을 뒤엎는 효과를 노릴 수 있다. 1959년 개봉한 영화 〈살인의 해부〉는 법정 드라마라면 당연히 나올 거라고 생각했던 두 장면을 생략해 강렬한 효과를 거둔다. 일단 작품 어디에서도, 심지어 회상을 통해서조차도 범죄가 벌어지는 장면이 나오지 않는다. 그 결과 관객은 못 미더운 인물들의 입에서 나오는 이야기 말고는 사건을 객관적으로 파악할 길이 없다. 이 영화에는 최종 변론 장면도 없다. 주인공 변호사가 어떻게 이겼는지는 철저히 관객의 상상에 맡기는 것이다. 최종 변론 장면이 빠진 건 특히 놀랍다. 관객으로서는 주인공이 옳은 일을 한 건지 아닌 건지 분명하게 알 수 없으니 말이다. 이 변호사는 무고한 사람을 변호하는 것인가, 아니면 범죄자를 풀어주는 것인가? 최종 변론을 통해 변호사가 자신의 주장을 설득력 있게 밀고 나갔다면 관객의 관점은 한쪽으로 치우쳤을 수도 있지만 최종 변론이 없다 보니 관객은 논리에 생긴 틈을 스스로 채울 수밖에 없다. 여기서 오는 모호함 때문에 이 영화는 더욱 의미심장하게 끝난다. 하지만 모호한 부분이 있다고 해서 법정 드라마라는 장르의 정체성까지 잃은 것은 아니다. 최종 변론 장면은 빠졌을지 몰라도 장르의 색을 결정짓는 장면, 즉 법정과 범죄자를 보여주는 장면으로 마무리되기 때문이다. 그가 처벌을 받을지 자유의 몸으로 풀려날지는 알 수 없지만.

| 시간이 짧을수록 강력해지는 이야기 |

초고가 느슨하게 느껴진다면 이야기를 너무 긴 시간에 걸쳐 다루고 있지는 않은지, 정확한 기간이 아닌 막연한 기간을 다루고 있는 건 아닌지 확인해보라. 플롯을 짠 후에는 사건 진행에 필요한 '최소한의' 기간을 가늠해봐야 한다.

똑같은 이야기라도 30년보다는 사흘에 걸쳐 일어난 일이 더 긴장감 넘친다. 게다가 정해진 그 기간 안에 사건이 벌어진다는 사실을 독자가 알고 있다면 관심은 더 커진다. 크리스 바첼더의 소설 『스로백 스페셜The Throwback Special』의 경우, 사건 중심의 작품이 아니지만 주요 사건이 반드시 사흘 내에 일어난다고 독자에게 알리고 시작한다. 여기에서 그 사건은 일 년에 한 번, 주말 동안 미식축구 경기를 재연하는 정기적 행사를 가리킨다. 이 행사를 치르기 위해 22명의 인물이 등장하는데, 이들이 하나둘 호텔에 도착하면서 시작된 이야기는 경기가 시작되면서 끝이 난다. 사건은 정말 예고한 기간 안에 일어난다. 그거면 된다! 사흘이라는 시간 동안 시계 초침이 째깍거리는 모든 순간이 이 책을 계속 읽어야 하는 이유를 독자에게 제공하기 때문이다.

밀란 쿤데라는 소설에 관한 에세이 『커튼』에서 "삶의 갑작스러운 밀도의 아름다움"을 이야기하면서 그것은 "마치 서로 다른 악기로 각각 연주한 세 개의 긴 음을 하나의 화음으로 묶어버리듯… 짧은 시간 내에 이뤄지는 일련의 만남"이라고 말한다. 시간이 짧으면 짧을수록 더 큰 효과를 낼 수 있다. 이야기가 압축되어 사건들이 겹치고 부딪치면서 마찰이나 분열이 일어나며 서사의 가능성이 생기기 때문이다(짧디짧은 시간을 무려 장편 길이로 늘린 극단적인 사례도 있다. 니컬슨 베이커의 『메자닌The Mezzanine』은 에스컬레이터를 타고 올라가는 짧은 시간 안에 모든 이야기를 욱여넣어 주인공의 머릿속에서만 이야기가 전개되는 의식의 흐름 형식을 취한다).

그렇다면 한 가지 의문이 든다. 실제로는 짧은 기간이지만 소설 속에서는 그보다 길게 느껴질 만한 배경 사건은 어떤 것들이 있을까? 그런 배경에서라면 이야기를 압축하기 편하지 않을까? 예를 들어, 중요한 축제가 낀 주말 동안 벌어지는 이야기는 여름 내내 벌어지는 이야기보다 당연히 더 짧은 기간 안에 일어나겠지만 그동안 친구와 가족들이 모여 불꽃놀이나 파티를 즐긴다면, 그렇게 놀다가 햇볕에 심하게 타거나 온종일 숙취에 시달리는 사건이라도 벌어지면 조금 타이트하긴 해도 여름 내내 일어날 법한 많은 일이 주말 동안 벌어졌다고 느껴지지 않을까?

이야기를 압축하기 위해 과거를 가져올 수도 있다. 회상을 활용하면 현재 사건은 짧은 기간 동안 벌어져도 작가가 가진 시간의 범위는 제한받지 않는다. 제임스 조이스의 『율리시스』와 버지니아 울프의 『댈러웨이 부인』은 단 하루 동안 벌어지는 이야기지만, 내면 묘사와 회상을 통해 과거에 일어났던 많은 사건을 포함한다.

실제 사건을 배경에 놓아도 효과적인 시간 설정에 도움을 준다. 뿐만 아니라 인물은 모르지만 독자는 이미 알고 있는 실화에서 흥미로운 이야기가 나오기도 한다. 제스민 워드의 장편소설 『바람의 잔해를 줍다』는 2005년 허리케인 카트리나가 미국 플로리다주를 덮치기 전 열흘이라는 짧은 시간 동안 벌어지는 한 가족의 이야기를 담은 작품이다. 작가는 페이지를 넘길 때마다 재난이 가까워지고 있음을 암시하며 거대한 비극이 이들을 기다리고 있다는 것을 독자에게 분명하게 알린다.

막혔다면, 과감하게

초고를 쓰는 동안 빠지기 쉬운 함정은 지나친 확신이다. 지금 자기가 어떤 소설을 쓰고 있는지, 이 소설이 무엇을 지향하는지, 또 한계는 무엇인지 전부 안다고 자만하는 상태에서는 글이 막혀 나아가지 못할 수 있다. 이럴 때 나는 상투적인 틀에서 벗어나 새로운 시선으로 소설을 다시 보기 위해 노력하는데, 대체로 소설을 완전히 뜯어고치려 한다. 이는 서술 방식이나 톤, 인물, 장면에서 그동안 보이지 않았던 가능성을 발견하게 해준다.

| 시점 바꿔보기 |

글이 막혔거나 지루하다는 생각이 들 때 혹은 이제 무엇을 써야 할지 감이 잡히지 않을 때는 시점을 바꿔보라. 쓸데없는 장면은 물론이고 마음에 드는 장면까지도 다른 시점으로 고쳐보는 것이다. 설령 나중에 원상태로 돌아가게 되더라도 일단 한번 바꿔 써보면 지금까지 한 작업을 새롭게 볼 수 있게 된다.

나는 1인칭 서술에 문제가 있다고 느낄 때면 3인칭으로 고쳤다가 다시 1인칭으로 돌아오곤 한다. 3인칭으로 쓸 때는 1인칭으로 쓸 때보다 내면 묘사에 힘을 들이지 않아도 되고, 등장인물 자체만 빼내어 (혹은 나를 빼내어) 행동하게 만들 수 있기 때문이다. 내 동료 중에서도 1인칭 시점으로 초고를 쓰면 도중에 어김없이 3인칭으로 고친다는 사람이 있었다. 시점을 바꾸는 건 너무 과하다고 생각할 수도 있지만 나는 그런 충동이 이해가 간다. 나 역시 매번 글을 쓰다 보면 다른 시점의 화자가 낫다고 느껴지는 순간이 찾아오기 때문이다. 실제로 한번은 첫 번째 퇴고를 마친 후였는데도 무려 100페이지 분량을 1인칭 시점에서 3인칭 시점으로 바꿔 다시 쓴 적이 있었다. 그렇게 다시 쓰고 나서야 나는 그 소설이 원래대로 1인칭 시점이 맞는 작품이라는 것을 깨달았다. 원래대로 되돌리느라 꽤 오랜 시간이 걸렸지만 그렇게 한 덕분에 내가 선택했던 시점에 확신을 가질 수 있었다.

시점을 바꿀 때는 작품의 주제나 인물의 감정선을 드러내는 데 어느 쪽이 효과적일지 신중하게 판단해야 한다. 앞서 말했던 내 작품에서는 아내의 이름을 부르지 않는 남편이 주인공이었는데, 아내에게는 그런 대접이 당연하다고 멋대로 판단하고 '내 아내'라는 말을 반복함으로써 주인공의 강박적인 소유욕이 점점 커지는 것을 효과적으로 보여주었다. 만약 그 소설의 시점이 처음 고쳤던 대로 3인칭이었다면 이런 효과를 내기 어려웠을 것이다. 1인칭에서 3인칭으로, 다시 1인칭으로 바꿨던 긴 과정을 거쳤기에 이런 뜻밖의 성과가, 그것도 의도했던 바를 강조하려던 순간에 딱 맞춰서 발견하는 게 가능했다.

당신의 초고에서도 새로운 시점은 미묘한 차이를 만들 수 있다. 그리고 그 차이가 결과적으로 소설의 아이디어나 주제, 인물의 감정선을 견고하게 할 수 있다. 그런 기회가 보인다면 더 스펙트럼이 넓은 시점을 따라가라. 그런 다음 그 시점에서 최대한 많은 가능성을 뽑아내라. 물론 소설마다 다를 것이다. 똑같은 옷을 입어도 사람마다 느낌이 다르듯이 같은 시점이라고 해서 모두 똑같은 효과를 내는 것은 아니다. 또 어떤 시점을 택하든 소설이 기본적으로 가지는 복잡성 때문에 시점의 기능이 계속해서 바뀐다는 점도 기억해야 한다. 예를 들어 서술되는 시간과 서술하는 시간의 문제라면 3인칭 시점이라고 해도 둘 이상의 화자가 있는 것이다. 각각 다른 시간대에 존재하는 동일 인물이라 할지라도.

| 이야기 형식 전환하기 |

현대소설은 대부분 처음부터 끝까지 한 가지 형식으로만 진행된다. 그중에서도 3인칭 관찰자 시점으로 과거를 회상하는 형식이 흔하다. 시간순으로 전개되는 이야기 중간중간 회상 장면이 끼어드는 식이다. 하지만 서술 시점으로 보나 시간 표현으로 보나 3인칭 관찰자 시점만이 우리의 유일한 선택지는 아니며, 소설의 시작과 끝이 반드시 똑같은 형식이어야 한다는 법도 없다.

클레어 베이 왓킨스의『골드 페임 시트러스Gold Fame Citrus』라는 소설을 보자. 이 작품은 극심한 가뭄으로 황폐해진 가까운 미래에, 먹고살기 위해 발버둥 치는 주인공 루즈 던이 남자친구 레이와 함께 이그라는 이름의 불가사의한 아이를 구조(유괴)하면서 벌어지는 이야기를 그린다. 3인칭 관찰자의 회상으로 시작해 전반부 줄거리가 이어지던 이 소설은 중간에 돌연 다른 이야기 형식이 등장한다. 미국 서부를 집어삼킨 모래 사막의 역사가 나오는가 하면 재앙이 시작된 이후에 생겨난 새로운 야생동물에 관한 삽화도 나온다. 이런 것들은 대부분 한 번씩만 쓰이는데, 인물이 중요하게 언급한 것도 아니고 줄거리 측면에서 그다지 '필수적'인 것도 아니다(이것들이 아무 기능도 하지 않는다거나 소설에 어울리지 않는다는 얘기가 아니다).

이러한 **형식 전환은 아마도 소설을 읽는 사람보다는 소설을 쓰는 사람에게 필요한 작업**이었을 것이다(작가가 실제로 그런 취지로 말한 적이 있기도 하고). 한 가지 형식, 특히 많은 소설에서 사용되는 3인칭 관찰자 시점의 회상 형식으로 글을 써나가던 작가는 갑자기 교착상태에 빠졌거나 구조에 변화가 필요하다는 것을 직감했을 것이다. 아니면 작품이 허락하는 수준에서 잠시나마 다른 방식으로 눈을 돌려보고 싶었을 수도 있다. 어떤 이유에서였든 작가는 다른 형식을 가져와 그것을 능숙하게 가지고 놀다가 기존 형식으로 자연스럽게 돌아왔다.

이야기 형식 전환은 소설을 진전시키는 아주 재미있는 방법이다. 그러니 지금 하는 작업이 진척되지 않더라도 포기하지 말고, 새로운 형식을 시도해보면서 써나가라. 추리 장르라면 경찰의 메모나 증거 기록 혹은 법의학 보고서를 분석하는 형식으로, 작품 속에 귀신이나 괴물이 등장한다면 인간 대신 그들의 마음속을 파고드는 형식으로, 판타지라면 당연히 지도나 전설, 노래가 흘러나올 것 같은 타이밍을 이용해 전환을 시도해보라. **계속 쓰게 만들어주는 것이라면 어떤 것이라도 좋다.** 누가 뭐래도 이것이 초고의 첫 번째 규칙이다.

| 소설을 소설답게 만드는 12가지 소재 |

1992년 퓰리처상을 수상한 작가 제인 스마일리는 「소설의 범위The Circle of the Novel」라는 글에서 소설에 쓸 수 있는 12가지 소재로 **여행**, **역사**, **전기**, **설화**, **농담**, **소문**, **일기와 편지**, **고백**, **논쟁**, **에세이**, **서사시**, **로맨스**를 꼽는다. 그러면서 "독자는 인물에 몰입하기 때문에" 전기적 요소는 거의 모든 소설에 포함되지만 훌륭한 소설은 다른 소재도 함께 활용한다고 말한다.

지금까지 당신이 써온 작품을 한번 살펴보라. 작품에서 다루는 내용이 이 12가지 소재 안에 있는가? 새로운 서사와 내용의 다양성을 위해 여기서 어떤 소재를 추가할 수 있는가? 장 도입부에 그 지역의 전설을 넣어보라. 어떤 농담거리가 들어가면 좋을지 고민해보라. 인물이 쓴 편지나 이메일이 들어가는 구성을 고민해보라. 인물이 살고 있는 세계의 역사적 배경을 이용해 스토리를 더 탄탄하게 만들 방법은 없는지 생각해보라. 여행 서사가 중심이라면 여행 내내 인물의 머릿속을 떠나지 않을 만한 내밀한 질문이 무엇인지 떠올려보라. 작품의 내용과 어울리는 소재를 계속 생각해보고 당신이 글을 써나가게끔 만들어줄 새로운 에너지, 이야기를 만들어낼 수 있는 에너지를 얻을 방법을 찾아봐야 한다. 특히 지금까지 작품에 넣으려고 애썼지만 계속 실패하고 있는 내용이 있다면 다른 소재로 풀어낼 여지는 없는지 궁리해보라.

내가 스마일리의 글에서 가장 좋아하는 대목(이자 소설 작법을 이야기할 때 즐겨 인용하는 문장)은 마지막에 나오는 이 문장이다. "소재의 완벽함이 소설의 위대함을 결정 짓는 건 아니다. 소재는 결국 부수적 요소에 불과하기 때문이다. 하지만 위대한 소설은 모두 소재를 통해 형용할 수 없는 풍부함을 독자에게 전한다."

다른 일을 하는 동안에도, 당신 작품에 잠재된 가능성에 이 '형용할 수 없는 풍부함'을 더할 방법을 찾아야 한다. 이것은 훗날 독자들을 사로잡을 테고 지금 당장은 당신이 계속 글을 쓸 수 있도록 도와줄 것이다. 또 제대로 된다면 단순히 내용만 확장되는 것이 아니라 작품의 가능성은 물론 경이로움도, 한 단어 한 단어 쓸 때마다 당신이 만들고 있는 그 세상의 잠재력까지도 확장된다는 사실을 느끼게 될 것이다.

| 자료 조사하기 |

글이 막혔을 때 지금까지 쓴 내용을 통해 해결하는 방법이 있다. 내용과 관련 있는 모든 것을 조사하는 것이다. 배경에 등장하는 건물의 건축 양식, 사람들이 타고 다니는 자동차의 모델, 그 지역에 서식하는 동식물, 인물들이 먹고 마시는 음식까지 모두. 참고가 될 만한 책은 전부 펼쳐보라. 구글에서 찾을 수 있는 건 모조리 검색하라. 미로처럼 이어진 위키피디아의 링크를 따라가 주제와 더 긴밀히 맞닿아 있는 곳을 찾으라. 자료 조사는 원고에 있는 오류를 바로잡을 수 있도록 도움을 주지만 사실 그건 덤에 불과하다. 자료 조사로 얻을 수 있는 진정한 효과는 작품에 생기를 불어넣을 만한 디테일을 살려 이야기를 다채롭게 만들고, 내 소설에 있는지조차 몰랐던 흥미로운 지점을 발견함으로써 새로운 영감을 얻을 수 있다는 것이다.

나는 자료 조사를 할 때 나만의 원칙이 있다. 조사한 내용을 원고가 아닌 다른 곳에 따로 적어두지 않는다는 것이다. 글을 쓰기 시작한 후라면 이 원칙을 더 철저히 지킨다. 맘에 드는 정보를 발견하더라도 소설 속에 당장 적용할 수 없다면 적어두지 않는다. 그 정보를 살릴 수 있는 기존의 장면을 찾거나 그 정보를 바탕으로 새로운 장면을 만들어낼 때만 적어둔다. 무미건조하고 소설적이지 않은 글로 빼곡한 별도의 문서를 만들기 싫어서다. 그건 왠지 내가 소설에 녹이고자 하는 언어와는 너무 동떨어진 느낌이다. 이렇게 하면 그다음에 어떤 내용을 써야 할지도 알 수 있고, 특히 소설 속 목소리로 기록해둔다면 더더욱 플롯이 주는 것 이상으로 강렬한 영감을 준다.

당신은 주로 인터넷을 이용하거나 도서관에 가서 자료 조사를 하겠지만, 여건이 된다면 쓰고 있는 작품의 배경이 되는 실제 장소를 찾아가는 것도 좋다. 그 장소에서 감각으로 느껴야만 알 수 있는 것이 많기 때문이다. 자료 조사를 위해 집필 초반에 여행을 떠나는 게 대다수 소설가의 본능이지만, 초고를 완성할 무렵까지 기다렸다 가는 것도 방법이다.

쓸지 말지 결정되지 않은 장소를 방문할 때와 배경으로 결정된 장소를 방문할 때의 느낌은 다르다. 상상해보라, 1년 동안 상상 속에서만 살았던 방에 실제로 가면 묘한 기시감 혹은 경험이 배가되는 느낌을 받지 않겠는가. 나는 『스크래퍼』를 쓸 때 디트로이트에 방치된 자동차 공장에서 이야기를 시작해 그곳에서 끝내는 걸로 결정했지만, 사실 나는 그곳을 고속도로에서 잠깐 본 게 전부일 뿐 직접 가본 적은 없었다. 더구나 내가 살고 있던 곳에서 그 자동차 공장까지는 8시간이 걸렸으므로 공장 내부에 관해서는 대부분 신문 기사나 유튜브 영상, 그 밖의 참고 자료에 의존할 수밖에 없었다. 하지만 개고 단계에서는 디트로이트에 있는 공장 부지를 직접 방문했다. 동행했던 사진작가는 인터넷을 통해서는 볼 수 없었던 풍경들을 잔뜩 찍어 보여주었고, 나는 위험하게 허물어지고 있는 구조물 안쪽으로 혼자서 걸어 들어갔다. 바깥 공기가 느껴지지 않을 만큼 안쪽 깊숙이 들어갔는데, 이미 써놓은 내용에서 주인공이 느꼈을 기분을 직접 느껴보고 싶어서였다.

개고 후에 소설은 전보다 좋아졌다. 줄거리뿐만이 아니라 디테일과 짜임새도 눈에 띄게 좋아졌다. 너무 이른 시기, 그러니까 그곳을 작품의 배경으로 삼은 지 얼마 안 되었을 때 그곳을 방문했더라면 주제를 떠받치는 주춧돌인 마지막 장면은 나오지 않았을 것이다. 그때는 주인공이 거기에서 무엇을 눈여겨봤을지 내가 알기 전이었으니까. 그곳에 가기 전에 거의 다 써놓았기에 비로소 무엇에 집중해야 하는지 알 수 있었다.

끝으로, 나는 퇴고를 할 때 좀 더 구체적이고 명확한 단어를 쓰기 위해 자료 조사에 힘을 들인다. 이를 테면 버지니아 울프의 소설 『파도』 속 버나드가 "구체성의 훌륭함"이라고 말했던 완벽한 디테일 그 자체를 찾으려고 노력한다. 돈 드릴로의 소설 『언더월드Underworld』에서도 비슷하다. 사제가 소년에게 신발의 각 부분 명칭을 알려주며 "일상적인 것들이야말로 사람들이 가장 쉽게 지나치는 지식"이라고 말하는데, 그 이야기 끝에 그는 "일상적quotidian"이라는 단어를 "보편적인 것의 깊이를 암시하는… 아주 멋진 라틴어"라고 설명한다.

보편적인 것의 깊이. 일반적으로 쓰이는 것의 명칭을 명확히 사용하면 내용이 더 사실적으로 읽힌다. 반면 은유나 직유가 너무 많으면 이야기가 추상적이거나 공허해 보일 수 있다. 등장인물의 직업과 관련된 용어를 조사하고, 이야기에 등장하는 사물의 구체적인 이름을 알아내라. 배경으로 설정된 도시, 마을의 기반 시설을 현지인들은 뭐라고 부르는지 배우라. 이것이 이야기를 그럴듯하게 만드는 문장 차원의 노력이다. 클라리시 리스펙토르는 소설 『별의 시간』에서 이렇게 말했다. "나는 글을 쓸 때 모든 사물을 진짜 이름으로 부른다."

| 변화를 이용해 역동적인 글 만들기 |

나는 록 음악을 좋아한다. 조용하던 노래가 갑자기 시끄러워지거나 시끄럽던 노래가 갑자기 조용하게 바뀌는 급격한 변화의 순간이 짜릿하기 때문이다. 작품에서 문장과 문단의 길이, 장면의 지속 시간에 변화를 줌으로써 독자에게 읽는 즐거움을 선사한다는 점에서 소설가는 록 음악가와 같다. 소설 속 문장은 연주를 기다리는 악기인 셈이다. 어슐러 르 귄이 말했듯이 "최적의 문장 길이란 없다. 좋은 글에서 문장의 길이는 그 문장을 둘러싼 다른 문장과의 상호작용에 의해서 그리고 그 문장의 의미와 기능에 의해 결정된다." 그러니 우리는 하나의 밴드를 이끌어가듯 각각의 악기들이 상호작용을 할 수 있도록 연주하면 된다.

써놓은 글을 되돌아보며 문장, 문단, 장면의 길이가 어떤지 생각해보라. 자기 글의 속도를 파악했다면 그 속도에 변화를 주기 위해 뭐든 해보라. 그동안은 반 페이지 분량의 장면만 썼다면 다섯 페이지에 걸친 장면도 써보라. 반대로 다섯 페이지짜리 장면만 썼다면 사이사이에 짧은 장면을 넣어서 당신의 소설이 어떤 모습으로 바뀌는지 관찰하라.

쓰고, 쓰고, 또 쓰라. 가능한 한 오랫동안 쓰라.

그러다가 갑자기 멈춰보라.

"이야기는 충돌이 제한되어 있으며, 질서정연한 선이 아니라 무질서하게 모인 얼룩"이라는 말이 있는데, 나는 이 '제한된 충돌'이라는 발상이 마음에 든다. 사실 이야기 속 많은 것은 통제하기 어렵기 때문이다. 종잡을 수 없이 긴 문장, 터무니없이 많은 문장으로 이루어진 문단, 문장들 사이사이를 제멋대로 헤집고 다니는 단어들까지. 이들의 움직임을 예상할 수 있는가? 무질서한 얼룩엔 규칙이 없다. 그러니 마음껏 가지고 놀면 된다. 짧게 썼다가 길게 쓰든, 길게 쓰다가 짧게 쓰든 지금까지 써오던 것과 다르다면 무엇이든 좋다.

| 분위기 전환하기 |

분위기를 바꾸었을 때 더 강렬한 효과를 낼 수 있는 순간을 찾아보라. 많은 작품에서 흔히 쓰는 수법이 있다. 치명적인 비극 혹은 감정을 폭발시키는 충격적인 폭로의 순간에 아주 잔잔하거나 오히려 유머러스한 장면을 집어넣는 것이다. 이 수법은 왜 그렇게 자주 쓰일까? 다른 이유도 있겠지만 대개는 하나의 정서만 지속되는 건 지루하기 때문이다. 이야기가 중단되거나 분위기와 구성이 바뀌는 순간 독자의 몰입도가 올라간다. 우리는 하나의 감정이 아닌 다양한 감정을 엿보는 걸 좋아한다. 결정적인 순간에는 터무니없는 농담 한마디에 마음이 놓이는가 하면, 견디기 힘든 비극과 마주했을 때는 따뜻한 위로가 따르길 원한다.

지금 당신의 이야기에서 비극과 재앙이 멈추지 않고 이어지고 있다면, 중간에 환기시킬 만한 다른 분위기의 장면을 집어넣으라. 차분하거나 조용한 순간이 끼어들어도 좋고 유머러스

한 에피소드가 비집고 들어가도 좋다. 비극적인 사건들 사이에서 새로운 이야기나 대화를 시작하는 것도 방법이다. 분위기 전환을 지속적이고 능숙하게 해야 독자에게 색다른 긴장감을 줄 수 있다. 무엇보다 이러한 분위기 전환은 다음 장면을 더욱 임팩트 있게 만들어준다.

| 개요 작성하기 |

개요는 내가 가장 좋아하는 장치 중 하나다. 여기서 개요란 본문 시작 전에 등장하는 간략한 요약을 말하는데, 코맥 매카시의 『핏빛 자오선』이 대표적이다. 이 소설 1장에 이런 개요가 나온다.

테네시에서의 어린 시절-가출-뉴올리언스
-싸움-총에 맞다-갤버스턴으로-내커도처스-그린 목사
-홀든 판사-소란-토드빈-호텔 방화-탈주

예상했겠지만 이것은 앞으로 일어날 사건들을 간략히 추려 놓은 윤곽에 가깝다. 현대 소설에서는 개요가 들어가는 경우가 드물지만, 이야기를 써나가는 데 효과적인 도구 역할을 한다는 것은 변함없다. 특히 글이 막히거나 이 다음에 어떤 내용이 와야 할지 막막할 때 이후 줄거리를 짤막짤막하게 개요 형식으로 열거하고, 거기에 맞춰 하나씩 찬찬히 풀어보길 권한다. 초고를 중반부 정도까지 쓰고 나면 머릿속에는 온갖 것들이 떠다니기 마련이다. 의미 없는 행동, 어떻게 써먹어야 할지 모르겠는 인물, 머리로는 상상이 되지만 인물을 움직여서는 도무지 찾아갈 수 없는 장소…. 이런 자질구레한 문제를 해결하고 잘 풀어내려면 개요 작성이 도움이 된다.

매카시의 개요는 다음과 같이 분석할 수 있다.

배경 이야기-사건-장소 전환
-사건-사건-장소 전환-장소 전환-인물 소개
-인물 소개-사건-인물 소개-사건-사건

이렇게 놓고 보면 『핏빛 자오선』을 읽지 않은 사람도 이 소설의 도입부가 얼마나 역동적이고 흥미로운지 짐작할 수 있다. 6개의 사건, 3개의 장소, 3명의 새로운 인물, 배경 이야기까지. 이런 개요라면 막혔던 글도 다시 풀릴 것이다.

이미 써놓은 장면에도 개요는 효과적이다. 내가 매카시의 개요를 분석한 것처럼 당신도 앞 장면들을 분석해보라. 용어는 달라도 된다. 본인이 이해할 수 있으면 뭐든 상관없다. 중요한 장면을 놓치고 넘어간 부분은 어디인지, 한 장면만 너무 연달아 나오는 곳은 어디인지 개요를 통해 확인해보라.

작가마다 각자 선호하는 구성 방식이 있다. 장 제목을 달기 좋아하는 작가도 있고, 모든 장의 서두에 인용구를 넣는 것을 즐기는 작가도 있다(딘 쿤츠는 소설을 인용구로 시작하길 정말 좋아한다). 그런가 하면 본문에 삽화를 끼워 넣기 좋아하는 작가도 있다. 개요가 아니더라도 당신이 좋아하는 작가가 즐겨 쓰는 구성 방식을 참고하면 좋다. 당신의 소설에도 그 방식을 적용해 길잡이로 삼으라.

경험에서 우러나온 조언인데 당신이 좋아하는 거라면 무엇이든 원고에 집어넣는 게 좋다. 이건 자기 작품을 사랑하는 하나의 방법이 될 수 있다. 내 작품을 사랑하면 원고와 씨름을 하더라도 더 많은 시간을 붙잡고 있고 싶어지고 놀랍게도 전혀 힘들게 느껴지지 않는다.

마무리를 위한 초고 수정 전략

| 내일 아침에 고칠 것 한 가지 정하기 |

글을 매일 수정하는 습관을 들이고 싶다면 매일 밤 잠자리에 들기 전에 원고를 읽으면서 다음번에 제일 먼저 고칠 것을 하나 찾으라. 뭐든 상관없다. 사소한 것도 괜찮다. 단, 구체적인 것이어야 한다. 눈에 걸리는 오탈자, 더 매끄럽게 손보고 싶은 대사, 행갈이가 필요해 보이는 문단처럼 말이다. 그리고 다음 날 아침 책상 앞에 앉아 전날 밤 발견했던 문제를 고치는 것으로 글쓰기를 시작하라. 그렇게 하면 당신이 새로운 내용을 쓰기도 전에 작품을 개선했음을 새삼 깨닫게 될 것이다.

나는 매일 밤 스마트폰으로 원고를 읽는데 그때마다 수정할 것들을 체크해둔다. 비록 바로 수정은 불가능하지만 강조 표시를 하거나 주석은 달 수 있으니 하루를 마감하며 베푸는 일종의 관용이라고 할 수 있겠다. 작은 화면으로 보는 내 원고는 커다란 모니터로 볼 때와는 느낌이 달라 원고를 향한 애정이 더 각별해지는 기분까지 든다. 이유가 있다. 모니터는 내가 글을 쓰기 위해 힘겹게 싸움을 벌이는 전쟁터지만 스마트폰은 그날의 분량을 완성한 원고를 누워서 편안히 읽는 곳이기 때문이다. 자신감을 주는 반가운 눈속임인 것이다.

소설을 쓰려면 어떤 식으로든 자신감을 되찾아야 한다. 집필은 처음부터 끝까지 불확실성을 헤치며 나아가야 하는 기나긴 여행이므로, 자신감을 북돋을 계기는 많을수록 좋다.

| 매일 조금씩(때로는 많이) 돌아가보기 |

나는 이야기를 전날 멈춘 곳부터 이어 쓰지 않는다. 그보다 더 앞으로 가서 몇 페이지 정도 수정한 뒤에 이어 쓰기 시작한다. 이건 책상 앞에 나를 일단 끌어 앉히기 위한 방법이기도 하지만 다른 이점도 있다. 전날 썼던 내용을 수정하다 보면 밤새 재워두었던 소설을 다시 깨우기도 쉽고 오늘 써야 할 새로운 내용이 쉽게 떠오르기도 한다. 미국 소설가 윌리엄 개스는 "내가 쓴 글은 다음에 올 내용이 무엇인지 반드시 내게 알려주어야 한다. 그렇지 않은 글은 다시 써야 한다"고 말한다. 나는 수정에 온 신경을 쏟을 때도 머릿속으로는 항상 이다음에 올 내용을 알아내려고 안간힘을 쓴다.

허탕을 치는 날도 물론 있다. 때로는 몇 주씩 슬럼프가 오기도 한다. 어떻게 해야 다시 써나갈 수 있는지 도통 답이 나오지 않을 때는 앞으로 조금 많이 돌아가보는 게 효과적이다. 거기서부터 수정을 하면서 힘이 닿는 데까지 최대한 글을 개선하려 한다. 창의력에 박차를 가해 쭉쭉 넘어갈 수 있길 기대하면서. 물론 가끔은 더 많이 앞으로 돌아가야 할 때도 있다. 앞의 내용을 더 낫게, 그 내용과 더 어울리게, 더 당신만의 색깔로 만들어 답을 찾으라. 책상 앞을 떠나지 않고 계속 이 작업을 한다면(방향을 잃었을 때조차 끈질기게 앉아 손을 떼지 않는다면) 자취를 감췄던 영감이 되돌아왔을 때 당신의 손은 이미 키보드 위에 올라가 있을 것이다. 키보드 위에서 손이 떠나지 않으면 영감은 금세 돌아온다.

| 지루한 부분 삭제하기 |

목표한 분량에 가까워졌다고 느껴지는 순간이 찾아올 것이다. 하지만 금세 완벽히 소설이라 할 만한 건 아직 나오지 않았다는 것도 깨닫게 될 것이다. 이때는 당황하지 말고 잠시 멈춰, 페이지가 쌓여가는 동안 어질러진 것들을 치워주는 것이 좋다. 여기까지 오기 위해 써놓기는 했으나 끝까지 가져가지는 않을 내용을 과감하게 쳐내라. 어디를 어떻게 빼야 할지 이미 계산이 서 있다면 당장 가서 그 부분을 들어내라. 쓸모없는 부분을 계속 들여다봐서 무슨 도움이 되겠는가.

쳐내는 작업을 좀 더 제대로 하고 싶다면 독자의 입장에서 원고를 처음부터 끝까지 읽으며 지루하게 느껴지는 부분이 나왔을 때 표시를 하라. 그리고 다 읽은 후에 표시한 부분을 전부 삭제하고 다시 읽어보라.

운이 좋으면 별로인 부분을 죄다 들어냈을 때 나머지 부분이 더 깔끔하고 명쾌해 보이며 소설의 방향성이 명확해질 수 있다. 그러나 삭제한 자리에 뭔가를 채워 넣어야만 하는 경우도 생긴다. 빈자리마다 다른 문장을 채워 넣으면 새로운 버전이 탄생할 수도 있지만 당신이 그렇게 한다면 나는 이 말을 해주고 싶다. 그럴 바에는 차라리 **맨 처음부터 다시 쓰라**.

정말로 새롭게 시작하는 것이 낫다. 지루한 사건, 지루한 장면, 지루한 문장에 메여 있을 필요 없다. 별로인 장면을 괜찮은 장면으로 바꾸는 것보다 아예 새로운 장면을 만드는 게 더 쉽다. 지루한 부분에서 건져낼 만한 게 있다면 그걸 새롭게 써봐도 좋다.

| 글 잘 버리는 방법 |

글을 버리기 위한 첫 번째 규칙. 완전히 버리지 말 것. 그러니까 글에서 삭제하더라도 저장 공간에는 남겨두란 뜻이다. 문서 파일을 하나 만들어 글에서 삭제한 내용을 모은 다음, 소설 파일이 있는 폴더에 함께 넣어두라. 삭제한 내용을 체계적으로 정리해야 하는 건 아닌지, 이렇게 삭제해도 되는 건 아닌지 그런 걱정은 하지 않아도 된다. 언제든 되돌릴 수 있는 파일이 있다는 걸 기억하고 과감하게 삭제하라. 삭제한 내용이 완벽하게 어울리는 곳을 나중에 발견할 수도 있고 원래 자리에서는 그저 그랬던 것이 다른 자리에서는 빛을 발하는 경우가 왕왕 있다. '버리는 파일' 속 '버려진 것들'만 활용해서 새로운 이야기나 문장을 만들어내는 작가들도 있다. 나는 그런 작업에 능하지 않지만 당신은 잘 할 수도 있다. 꼭 기억하라. 혹시 모르니 하나도 버리지 말고 가지고 있어야 한다.

워드의 '변경 내용 추적' 기능을 켜놓고 작업하는 방법도 있다. 하루 동안 생겨난 빨간색을 보고 있으면 오늘 어떤 작업을 했는지 한눈에 확 들어온다. 그러면 '오늘도 이만큼 수고했구나' 하는 뿌듯함도 느낄 수 있다. 클릭 한번이면 변경한 내용을 얼마든지 원상태로 돌릴 수 있으니 문장과 단어들을 삭제하거나 다른 곳으로 옮길 때도 부담이 없다. 언제든지 복구가 가능하다는 사실을 알기에 잘라낼 때 주저하지 않을 수 있다.

| 괜찮은 한 문장 |

극단적이지만 꽤 효과적인 방법이 있다. 무미건조하고 지지부진한 문장으로 가득 채워진 페이지를 하나 골라서 쭉 보다가 그나마 나은 문장 하나를 선택해 새 페이지에 그것만 옮겨 적으라. 그다음 그 한 문장 빼고 남아 있는 내용을 전부 삭제하라. 이제 새로운 페이지에는 당신이 빼낸 한 문장만 남았을 것이다. 거기서부터 다시 시작하라. 괜찮은 문장도 설득력 없는 내용이나 터무니없는 아이디어, 정체된 장면에 묻혀버리는 경우가 종종 있다. 따라서 그런 문장만 빼내어 다시 시도했을 때 더 좋은 결과가 나올 수 있다. 답답한 문단에 갇혀 있던 좋은 문장이 다른 적절한 상황에서는 놀랄 만큼 생동감 넘치는 문장으로 거듭날 수 있다. 그 문장의 장점을 최대한 오랫동안 살려 새로운 작품으로 이어가라.

| 크리스틴 슈트 챌린지 |

혹시 내가 문장의 기술에 대한 이야기를 건너뛰려는 것처럼 보이는가? 거기엔 그럴 만한 이유가 있다. 당신이 지금 당장은 문장에 관해서 지나치게 걱정하지 않기를 바라기 때문이다. 하지만 엉성하기 그지없고 이야기를 막 만들어내느라 정신없는 이 초고 단계에서도 기어이 좋은 문장을 만드는 데 집중하고 싶다면 잠시 쉬어갈 겸 '크리스틴 슈트 챌린지'를 해보라. 크리스틴 슈트 챌린지는 내가 붙인 명칭이고, 이 과제를 만든 소설가 크리스틴 슈트 본인의 표현을 빌리자면, "길이가 길든 짧든 의심의 여지 없이 괜찮은 한 문장을 썼다면 성공한 것으로 친다." 연달아 수천 번을 도전해보고 그만둬도 상관없다.

하지만 아무리 좋은 문장을 써도 결국 퇴고라는 큰 산은 넘어야 한다. 그러니 지금 쓰는 문장에 대단한 의미를 부여하지 않았으면 좋겠다. 지금 단계에서 당신이 쓸 수 있는 최고의 문장을 쓰면 된다. 그것은 나중에 훨씬 더 좋은 문장을 쓸 수 있는 밑거름이 될 테니.

초고는 형편없어도 괜찮다

지금까지 내가 했던 조언들이 '초고 완성'이라는 엄두도 나지 않던 일을 해내는 데 도움이 됐기를 바란다. 나는 소설을 쓰는 과정에서 초고를 쓸 때가 가장 힘들다. 빈 종이를 수천 수만 개의 단어로 채우는 일은 경험이 아무리 쌓여도 도무지 만만해질 기미조차 보이지 않는다. 초고를 쓰는 내내 나를 짓누르는 불확실성은 더 말할 것도 없다. 이 과정에 대해 소설가 데보라 아이젠버그는 이렇게 말했다. "당신은 뭔가를 쓴다. 하지만 이게 될지 알 수 없다. 당신이 어떻게 한다고 해서 실현 가능성이 생기는 것도 아니다. 그러니 인내심을 갖고 그저 계속 써나갈 수밖에 없다. 그러다 보면 어느 날 마음속 가장 깊숙한 곳에서 당신에게 보내는 신호가 느껴질 것이다. 마치 지

진의 잔해 밑에 깔린 아이가 보내는 신호처럼. 그제야 비로소 당신은 아주, 아주, 아주 천천히, 생명력이 느껴지는 그 미미한 신호로 통하는 길을 발견한다."

지금까지 했던 모든 얘기는 당신의 소설이 보내는 이 미미한 신호를 찾아가기 위한 방법이었는데, 그 신호에 가까워지려면 우선은 자신에게 관대해야 한다. 남과 비교하는 것을 멈추고 자신에게 가혹한 잣대를 들이밀지 않는 마음가짐이 필요하다. 당신은 독창성, 즐거움, 상상력을 원한다. 글을 다듬고 마무리해서 완성하는 일은 그 후의 일이다. 완성된 당신의 초고가 서점에 꽂힌 책들과는 달리 형편없어 보이는가? 지극히 당연한 일이다. 출간된 작품은 최종본만 보여줄 뿐 그 작품이 어떤 과정을 거쳤는지 알려주지 않는다.

앤 라모트가 한 유명한 말처럼 '형편없는 초고'를 쓰라. 내가 가르치는 많은 학생이 이 말을 위안으로 삼고 의지하는 듯하지만 가만 보면 아주 믿지는 않는 것 같다. 완벽한 초고는 있을 수 없다는 사실을 귀고 들으며 깨달았으면서도 자신의 초고만큼은 처음부터 완벽한 모습을 갖추고 나오길 기대하기 때문이다. 분명한 건 **초고를 쓰는 동안 아름다운 문장 몇 개는 반드시 쓰게 될 것이며, 그 문장들은 당신이 계속 글을 써나갈 수 있도록 해주는 동력이 되어줄 것이다.** 나는 초고의 도입부에 쓴 짧은 구절 하나에서 힘을 얻을 때가 많다. 독자가 내 책을 어떤 방식으로 읽어주면 좋겠다는 바람이 있는데, 앞부분에 쓴 한두 문단이 딱 그렇게 읽힐 때가 있다. 그러면 나는 몇 번이고 거기로 돌아가 스스로에게 말한다. 이 책은 언젠가 그 구절만큼 강렬하고 감동적인 모습으로 독자에게 다가갈 것이라고. 그 구절이 바로 아이젠버그가 말한 미미한 생명의 신호다. 그 신호가 당신의 소설에서는 어떤 형태로 모습을 드러낼지 모르겠지만, 보이는 순간 꽉 움켜쥐라. 그리고 아직 그만큼 강렬하게 모습을 드러내지 못한 나머지 부분에 대해서는 관대해지라. 초고의 최우선 목표는 이야기의 발견과 즐거움이다. 이 이야기가 어떤 이야기이고 등장인물은 어떤 사람인지 알아가고 새롭게 만들어나가는 과정이다. 이후에 개고와 퇴고를 거쳐 더 진정성 있는 작품으로 발전시킬 때 지금 했던 작업이 토대가 되어줄 것이다.

제인 스마일리는 초고에 쓰인 문장을 자갈과 씨앗으로 분류한다. "자갈 같은 문장이라면 그저 다음에 올 어떤 요소에 불과하고, 씨앗 같은 문장이라면 훗날 이 소설의 운명을 결정지을 만한 중요한 요소가 된다. 문제는 어떤 문장이 자갈이 되고 씨앗이 될지, 씨앗이라면 얼마나 중요한 씨앗이 될지 미리 알 수 없다는 것이다."

우리는 씨앗을 찾으려고 자갈밭을 헤쳐나가며 글을 쓴다. 씨앗은 분명 작은 돌멩이들 사이에 웅크리고 있을 것이다. 자갈도 씨앗도 모두 당신 것이다. 전부 당신이 만들었다. 센스와 독창성을 발휘하고 성실한 태도를 유지하며 위축되거나 포기하지 않고 당신이 만들어낸 결과물이다. 그러니 자갈은 고르게 깔고 씨앗은 모으라. 두 번째 원고가 기다린다.

2장

개고: 두 번째 원고

거의 다시 써야 한다

어쨌든, 초고를 완성했다!

초고라는 길고 긴 여정을 마치고 마침내 다음 목적지에 도착했다. 축하한다! 이게 당신의 첫 번째 소설이든 열 번째 소설이든 일단은 축하하는 시간을 가지라. 당신이 해낸 일에 오랫동안 감탄하라. 수십 수백 페이지의 글을 쓴다는 건 그 자체로 대단한 일이다. 이제 초고 안에는 당신이 하고 싶었던 이야기의 첫 모습과, 당신이 아끼는 인물과 그들을 변화시킨 의미 있는 사건이 담겨 있을 것이다. 이 단계에 도착한 지금, 누군가는 세상을 다 가진 것처럼 기쁨에 취해 있을 것이고 누군가는 깊은 절망감에 빠져 있을 것이다. 자기 작품의 좋은 점만 보이는 사람도 있고 고쳐야 할 곳만 눈에 들어오는 사람도 있을 것이며 자기가 쓴 소설이 훌륭한지 형편없는지 긴가민가해 감정이 요동치는 사람도, 이게 정말 소설이 맞긴 한 건지 도통 알 수 없는 사람도 있을 것이다. 마찬가지로 당신도 이 순간 아는 거라곤 어쨌든 한 단계가 끝났고, 이 단계에서 할 수 있는 건 다 해서 더는 얻어낼 것이 없다는 사실 뿐일 수도 있다. 그래도 정말 잘했다! 다시 한번 축하한다!

나는 첫 소설의 초고를 끝낼 때 창의력이 정점에 달한 상태였다. 결말까지 30페이지도 채 안 남은 시점에서 마무리를 어떻게 지어야 할지 갈피를 못 잡고 있었는데 불현듯 결말이 떠올라서, 잠시 멈추고 뒤로 훌쩍 넘어가 마지막 열 페이지를 단숨에 써 내려갔다(나중에 보니 나머지 페이지들과 달리 그 열 페이지는 손볼 부분이 거의 없었다). 그런 다음 원래 쓰고 있던 후반부로 돌아와 결말까지의 공백을 채워나갔다. 그 여름, 나는 초고를 끝마치자마자 뒷마당 잔디에 드러누워 술 한잔을 손에 들고 행복과 좌절감을 동시에 느꼈다.

나는 끝냈다.

그러나 끝난 것은 아니다.

땅바닥에 앉아 이 둘을 번갈아 떠올리다가 문득 의문이 들었다. **이제 뭘 하지**?

| 초고라는 지도 |

마음 놓고 지내다가 무심코 초고 파일을 다시 여는 날이 올 것이다. 그리고 들여다보기도 전부터 알게 될 것이다. 초고는 이야기의 뼈대에 불과하다는 것을. 결코 실망할 일이 아닌데도 실망감이 들지도 모른다. 나도 항상 그러니까.

하지만 알아야 한다. 초고는 완성된 책이 아니다. 굳이 따지자면 쓰려는 책의 1:1 축척 모형에 가까우며, 소설 그 자체라기보다는 어떤 소설이 될 수 있는지에 대한 아이디어일 뿐이다. 호르헤 루이스 보르헤스의 단편 「과학의 정밀성에 대하여 On Exactitude in Science」가 떠오르는 시점이다. 어떤 나라의 지도 제작자들이 완벽한 정확도를 추구하다가 그 나라의 실제 크기와 아예 똑같은 크기의 초정밀 지도를 만든다는 내용의 소설이다. 놀랍기는 하나 쓸모라곤 전혀 없는 그 지도는 결국 사막으로 날아가버리고, 누더기가 된 지도 조각들은 동물과 거지들의 터전이 된다.

초고도 마찬가지다. 이처럼 극단적이지는 않더라도 책이라고 부를 수 있을 만큼 완벽한 초고가 없다는 사실만은 같다. 초고는 작품의 발전 가능성을 보여주는 실물 크기의 제안에 불과하다. 완성될 책에 관한 책 크기의 지도인 셈이다. 두 번째 원고에서 우리는 이 지도가 형상화하는 진짜 책을 쓰게 될 것이다. 당신이 처음에 쓰려고 했던 소설에 훨씬 더 가까운 글을 만들어낼 것이다.

| 쉬는 시간 |

맨 먼저 할 일이 있다. 초고를 안 보이는 곳에 꼭꼭 숨겨두고 한동안 초고를 열어보지 않겠다고 맹세하라. 몇 달 혹은 몇 년에 걸쳐 초고를 썼을 테니 이제 시간을 가져야 할 때다. 두 종류의 시간이 있다. **일상적 삶을 위한 시간**과 **예술적 삶을**

위한 시간.

일상적 삶을 위한 시간은 말 그대로 자신에게 몇 개월 정도 시간을 주고 어떻게든 일상에서 초고에 관한 생각을 몰아내는 것이다. 그래야 나중에 새로워진 마음으로 글 앞에 돌아갈 수 있다. 그토록 마음을 사로잡았던 게 거짓말처럼 멀게 느껴지기까지는 생각보다 그리 오랜 시간이 걸리지 않는다. 오랫동안 초고 곁에 바짝 달라붙어 있지 않았는가. 책상 앞에 앉아 있지 않을 때도 머리와 마음에 남아 있는 원고를 가지고 무의식중에 계속 작업을 해왔을 것이다. 이제 그 반대가 되어야 한다. 더는 작품 생각이 나지 않을 때까지 가면 성공이다. 아이러니하게도 그 상태가 되면 다시 소설에 뛰어들 준비를 절반쯤 마친 셈이다.

예술적 삶을 위한 시간에는 해야 할 일이 있다. **다른 무언가를 쓰는 것**이다. 이 시간은 당신을 조금은 다른 작가로, 새로운 소재에 마음이 움직이는 작가로 만들어준다. 참신한 관점으로 완전히 새로운 글을 쓰다가 잊고 있던 초고 앞에 서면 왠지 거리감이 느껴지겠지만, 작품을 선입견 없이 있는 그대로 보려면 바로 그 거리감이 필요하다. 초고와의 거리감은 작품의 발전 가능성을 생각하는 데도 도움이 된다. 힐러리 맨틀은 이렇게 말하기도 했다. "나는 첫 번째 큰 수정에 들어가기 전에 마음을 진정시키는 시간을 가진다. 예전엔 늑장 부리는 나 자신이 너무나 싫었는데, 이제는 그게 현명할 수도 있다는 생각이 든다. 자신이 해놓은 일에 경외감을 느끼며 충분한 시간을 가지라. 허둥대다가 작품을 망치지 않도록."

초고의 줄거리에 답이 있다

초고와 어느 정도 거리감이 생겼는가? 그렇다면 이제 초고를 다시 보면서 재발견할 준비가 된 것이다. 나는 이 단계(이보다 전 단계에서는 하지 않는다)에서 **기존의 내용을 추려가며 소설의 전체적인 줄거리를 쓴다**. 정해진 방법은 따로 없다. 원하는 방식으로 쓰면 된다. 전형적인 줄거리 형식으로 쓸 수도 있고, 주요 내용만 뽑아 목록화할 수도 있다. 원한다면 영화 주인공처럼 메모지로 사무실 벽에 도배해놔도 상관없다. 가장 작은 단위의 이야기 구성 요소로써 사건과 사건을 연결시켜 주는 '비트beats'를 모아 '비트 시트'를 만들거나 스토리보드로 정리해도 좋다. 그것도 아니면 내가 하는 방식을 따라 해보라. 소설의 톤을 그대로 살려 요약하는 것이다. 소설의 톤을 살리면 글을 쓰고 있다는 느낌이 더 강하게 들고, 소설의 감각에 나를 밀착시키는 데 도움이 된다.

줄거리를 정리하는 이유는 소설의 주요 내용을 파악하기 위해서다. 여기서 주요 내용이란 소설의 주요 시간대에 벌어지는 사건을 의미한다. 따라서 **줄거리를 정리한다는 건 사건을 포착한다는 뜻**이다. 안나 키시라는 소설가는 사건을 "이야기를 흐르게 하는 모든 것"이라고 정의하는데, 꽤 정확하다. 이것을 달리 말하면 사건은 인물의 내면이나 상황, 배경 설명이 아니라 오로지 **벌어지고 있는 일**만을 가리킨다.

줄거리를 정리하는 동안에는 앞서 언급했던 비트를 파고들어야 한다. 사건을 펼치고 이야기를 진전시키는 중요한 요소이기 때문이다. 이때는 짐 셰퍼드가 말했던 **"사건이 터지는 속도"**를 파악해보라. 사건이 터지는 속도는 "중심인물들의 중요한 감정 정보를 어느 정도의 시간 차를 두고 독자에게 흘려주는가"를 의미한다. 최초의 사건이 일어나기까지 얼마나 걸리는가? 새로운 사건은 얼마나 자주 일어나는가? 독자의 예상을 뒤엎거나 긴장과 갈등을 고조시킬 만한 사건은 어디에 있는가? 결말이 가까워지는 지점은 어디인가? 결말에서 확실하게 해결된 것과 그렇지 않은 것은 무엇인가?

줄거리 정리를 하면 초고에서 이야기를 끌고 가는 사건이 무엇인지 알 수 있다. 내면 묘사, 상황 및 배경 설명에서 떼어

놓고 보면 눈에 더 잘 들어온다. 요약 설명이 너무 잦거나 툭 하면 다른 데로 새서 사건을 늘어지게 하는 구간과 결정적 사건이 송두리째 빠져 있는 대목도 찾아낼 수 있다.

줄거리 정리는 시간을 갖고 천천히 하는 게 좋다. 사전에 정해둔 줄거리를 토대로 초고를 완성했다 하더라도 초고를 완성한 이상 처음의 줄거리는 이제 당신의 소설에 들어맞지 않을 가능성이 크다. 그러니 이제부터는 당신의 눈앞에 있는 그 줄거리가 모델이 돼야 한다. 이후의 단계가 잘 진행되려면 이 작업이 최대한 정확하게 이루어져야 한다.

| 줄거리 수정은 곧 설계도 수정 |

나는 줄거리 정리를 마쳐도 본문으로 바로 가지 않는다. 정리한 줄거리를 다시 수정한다. 이건 내가 쓰고자 하는 작품, 더 나은 소설을 위해 일종의 설계도를 손보는 작업이다. 줄거리를 수정하면 세부 사항을 일일이 건드리지 않고도 사건을 큰 틀에서 수정할 수 있다. 한 번이라도 해본 사람은 알겠지만 페이지 단위로 글을 이동시켜 원고 전체를 재구성하려면 금세 두 손 두 발 들고 싶은 심정이 된다. 또 그렇게 옮겨 놓은 부분이 그 자리에 자연스레 어우러지게 하려면 한 문장 한 문장 전부 고쳐야 하는데, 이 과정을 뻔히 알고도 전부 뜯어고쳐서 변화를 주는 일은 여간 힘든 게 아니다.

하지만 이게 우리가 해나가야 하는 작업이다. 지레 겁먹지는 말자. 쉽게 만들면 쉬운 작업이 될 수 있다.

지금은 우선 새롭게 쓴 줄거리에서 드러나는 플롯부터 분석해보라. 이야기가 어떻게 구성되어 있는가? 명확한 기승전결의 구조를 갖추고 있는가? 발단-전개-위기-절정-결말의 5단 구성(원문에서는 구스타프 프라이타크가 『드라마의 기법』에서 제시했던 플롯 구성의 피라미드 구조 '도입-상승-절정-하강-결말'를 언급한다 | 옮긴이)을 막연하게 따르고 있지는 않은가? 구조가 너무 단순하지는 않은가? 긴밀하게 연결되어 있는가? 전형적인 틀에서 벗어난 참신한 이야기인가?

이야기를 구성하는 방식은 무궁무진하며 절대적으로 옳은 방법이란 건 없다. 줄거리를 하나의 설계도로 만들려는 이유도 작품에 쓰인 구조를 발견하고, 그 구조가 가진 특징을 잘 활용하는 또 다른 방법을 찾기 위해서다. 나도 수시로 구조를 바꾸곤 한다. 당신도 어쩌면 지금과 다른 구조를 선택해야 할지도 모른다.

많은 소설이 현재라는 정체된 상황에서 출발하고, 그 상황은 이야기의 발단이 되는 최초의 사건에 의해 깨진다. 당신의 소설에서 그 순간이 언제인지 찾아보라. 찾을 수 없다면 작품

어딘가에 문제가 있는 것일 수 있다. 일반적인 플롯의 모습을 갖추려면 최초의 사건은 명확해야 하고 장면에서 드러나야 한다. 발단이 되는 사건을 찾았다면 어떤 장면들이 그 뒤에 이어져야 독자에게 인물과 배경을 보여줄 수 있을지 고민하라. 동시에 중심 사건도 풀어내라. 이걸 얼마나 효과적으로 만들 수 있는지가 중요하다. 독자가 이야기의 도입부에서 빠져나와 자연스레 중심 사건으로 가게 하려면 최초의 사건과 중심 사건이 어느 지점에서 만나야 효과적일지 고민해봐야 한다.

주인공이 최초의 사건을 지켜보기만 하다가 **그 사건 때문에 생긴 문제를 해결하려 직접 나서기 시작했다면 사건 전환이 효과적으로 이뤄진 것**이라 볼 수 있다. 수동적인 인물이 능동적인 행동을 하는 이 전환이 정확히 언제 어떻게 일어나야 한다는 규칙은 물론 없다. 혹시 지금 머릿속으로 이런 전환 없이도 큰 울림을 줬던 반대 경우를 생각하고 있는가? 그렇다 하더라도 훌륭한 작품 대부분은 전환의 순간이 반드시 존재한다는 사실은 꼭 기억하라. 독자가 알아채지 못하게 교묘하게 배치되어 있을 뿐.

현재 당신의 초고에서 전환이 이뤄져야 할 부분이 어디인지 찾아보고 필요하다면 조정하라. 만약 400페이지짜리 글을 썼는데 200페이지까지 문제 해결을 위한 움직임이 전혀 없다면 그 작품은 다시 써야 할지도 모른다. 300페이지짜리 글에서 80페이지쯤 움직이기 시작하는 게 가장 이상적인 타이밍이다. 혹시 이러한 전환이 전혀 일어나지 않고 있다면… 그래서 지금 줄거리를 수정하는 것이다. 본격적인 개고에 들어가기 앞서 지금 그것을 파악해놓으면 (그리고 고쳐놓으면) 이후의 고생을 덜 수 있다.

나는 로버트 맥키의 『시나리오 어떻게 쓸 것인가』에 나오는 이 말을 줄곧 플롯에 적용하는 하나의 중요한 기준으로 삼아왔다. "이야기는 그다지 중요하지 않은 사건을 향해 가면 안 된다. 독자가 미처 예상하지 못한 결정적 사건으로 나아가야 한다." 이는 구성 방식에 상관없이 적용할 수 있다. 줄거리를 보면서 한번 따져보라. 이야기가 진행될수록 주요 사건과 장면, 풀어나가야 할 복잡한 상황의 중요성이 부각되는가? 그렇지 않다면 이유는 무엇이고, 더 눈에 띄게 하려면 어떻게 재구성해야 할까?

사건을 이리저리 옮겨보고, 다르게 조합해보면서 인과관계가 어떻게 바뀌는지 유심히 살펴보라. 인과의 연속은 독자가 서사를 파악하는 가장 근본이 된다. 인과가 촘촘하고 뚜렷하면 이해관계와 긴장감, 결말을 쉽게 이해할 수 있다. 따라서 이 단계에서 사건 간의 논리를 명확히 파악하고 있는 것이 좋다.

의미 없이 반복되는 부분은 없는지도 꼼꼼히 살펴보라. 한 가지 사건이 반복되면 효과가 있긴 하지만, 효과에 비해 얻는 것은 미미하다. 그저 그런 미적지근한 사건은 말할 것도 없고. 나는 어떤 사건에 관한 두 가지 이야기를 연달아 써놓고 필요에 따라 한쪽만 남겨놓기도 하고 둘의 가장 좋은 부분들만 합쳐 더 강렬한 하나의 사건으로 만들기도 한다. 잘 짜인 장면들의 반복은 시퀀스를 확장시키는 역할을 할 수 있다.

개고 전에 줄거리를 새롭게 수정해두는 것은 이후의 굵직한 수정을 수월하게 만들어준다. 줄거리만 두고 보면 한 장면이 아니라 한 문장을, 한 장이 아니라 한 문단을 수정하는 것이기 때문이다. 시간이 많이 걸리겠지만 이 작업을 마쳐놓으면 충분한 보상이 따른다. 우리의 목표는 기존 내용을 정리하는 것이 아니라 두 번째 원고를 최대한 개선하기 위해 설계도라 할 만한 줄거리를 완성하는 것이고 다듬어지지 않은 초고 안에서 이걸 발견할 수 있다.

이렇게 정리해놓은 줄거리는 언제 활용할 수 있을까? 우선은 개고 시작 전에(이건 조금 후에 자세히 살펴보겠다) 무엇을 써야 할지 모르겠거나 이미 써놓은 내용을 참고하고 싶을 때 길잡이 역할을 할 수 있다. 뿐만 아니라 전체 플롯을 한눈에 훑어볼 수 있어서, 하나하나 꼼꼼히 읽을 때보다 더 쉽게 플롯을 파악할 수 있다. 이외에도 많은 부분에서 도움이 된다. 그러니 시간을 들여 가능한 최상의 설계도를 만들어놓길 바란다.

나는 첫 작품의 경우 줄거리 정리와 수정까지 약 3주가 걸렸고, 가장 최근에 쓴 『애플씨드』는 줄거리 정리만 석 달이 걸렸다. 물론 최근작에서는 세 가지 시간대를 일일이 작업해 적절히 교차시켜야 했기 때문에 특히 많은 시간이 들었지만 확실한 건 두 소설 모두 줄거리 정리를 해놓은 덕분에 후에 많은 시간과 노력을 아낄 수 있었다는 것이다. 그때 그 이상의 시간과 노력이 필요했다고 하더라도 나는 기꺼이 했을 것이다.

| 다중 스토리라인의 줄거리 정리 |

만약 당신 소설에 여러 시간대가 엮여 있다면 줄거리를 단순히 사건 발생순으로 나열해 정리하는 것이 좋을까, 아니면 각각 독립된 이야기로 취급해 개별로 정리하는 게 좋을까? 둘 다 방법이 될 수 있겠지만 나는 후자의 방식으로 정리한 다음, 합치기 전에 각 스토리라인을 재정비하는 게 가장 효과적이었다.

스토리라인, 즉 사건을 이루는 연속적 장면은 저마다의 논리가 있어야 하지만, 독자가 이야기를 따라갈 수 있게 하려면 각 스토리라인이 한 방향을 바라보는 것이 좋다. 또 갈등의 진행 속도와 사건이 터지는 속도를 조화롭게 배치할 방법도 찾아야 한다. 스토리라인의 길이가 비슷할 때는 특히 이 배치가 매우 중요하다. 스토리라인 A의 사건이 끝난 후 수십 페이지 뒤에서 스토리라인 B의 사건이 끝나는 일은 웬만해서는 일어날 수가 없는 것처럼. 이외에도 배치 방식은 다양하다. 이렇게 줄거리 정리 단계에서 촘촘하게 배치해두면 속도가 제각각인 다중 스토리라인이 제멋대로 뻗어나가 분량이 방대해지는 것을 막을 수 있다. 속도가 제각각인 스토리라인은 쪽수도 천차만별일 때가 많다.

하지만 스토리라인의 길이에 차이가 있을 수밖에 없을 때는 어떻게 해야 할까? 길이를 어떻게든 비슷하게 맞추거나 그 차이를 이용하면 된다. 말했듯이 내 최근작은 세 시간대가 교차하는 구성이었는데, 개고를 마치고 보니 하나의 시간대가 나머지 두 시간대에 비해 그 길이가 유독 짧다는 것을 알아차리게 되었다. 한 시간대를 늘리지 않고서 이들을 엮는 것은 도전 그 자체였다. 그러나 물러설 데가 없던 나는 그대로 밀고 나갔고, 그 차이가 결국 차별점이 되었다. 짧아진 한 시간대가 더 흥미로운 구조를 만든 덕분이었다.

이제 소설을 고치자

이제 본격적으로 소설을 쓰라는 얘기다.

엉망진창인 초고를 정돈된 두 번째 원고로 개선하는 나만의 방식을 소개하겠다. 나는 초고를 첫 페이지부터 다시 타이핑하는 것으로 개고를 시작한다. 그렇게 옮겨 적는 동시에 공들여 정리해둔 줄거리를 적용해 고쳐나간다. 이 방식이 마음에 든다면 초고를 가이드 삼아 최대한 활용하라.

대신 모든 내용을 전부 다시 타이핑해야 한다. 전부.

나는 듀얼 모니터를 쓰는데 한쪽 모니터에 초고를 띄워놓고 다른 쪽 모니터에 타이핑을 한다. 옮겨 적을 수만 있다면 모니터 개수 따위 전혀 상관없지만, 시간을 아낀답시고 초고 내용을 그대로 '복사 붙여넣기' 하는 일만은 제발 참아주길 바란다.

소설가 에이미 탄은 언젠가 이렇게 말했다. "이야기의 시작점으로 돌아가 그동안 일어난 모든 일을 생생한 톤으로 쓸 수 있을 때는 글을 마무리할 때뿐이다." 이것이 개고의 목표다. '그동안 일어난 모든 일을 생생한 톤'으로 다시 쓰는 것. 어떤 이야기인지, 등장인물은 누구인지, 쓰기 시작할 때는 결코 알 수 없었던 것들을 알게 되었으니 이제 어느 때보다 생생한 톤으로 써나갈 수 있다.

아마 첫 몇 페이지에서는 당신의 에너지가 느껴질 것이다. 그러나 초고를 잡고 있는 오랜 시간 동안 소설은 자기의 목소리를 키워나가기 마련이다. 따라서 개고 단계의 핵심은 글의 영감이 떠올랐던 마법 같은 첫 순간을 다시 포착하는 것이다. 초고를 마무리할 무렵 안정기에 접어든 문체라면 가능하다. 그리고 무엇보다 자신이 어떤 소설을 쓰고 있는지 파악하는 과정에서 썼던 글에서 벗어나, 자신이 만든 인물이 어떤 사람이고 그들의 이야기는 또 무엇이며 어떤 구성이 가장 잘 어울리는지 충분히 이해한 상태에서 새로운 글을 쓸 수 있는 길이 열릴 것이다.

혹시 나처럼 모니터를 두 대 설치할 수 있다면(또는 태블릿이나 출력물로 모니터 두 대의 효과를 낼 수 있다면) 초고를 옮겨 쓰거나 고친 뒤에는 그 내용을 기존 문서에서 완전히 삭제하라(거듭 당부하는데 복사 붙여넣기는 안 된다. 형편없는 자신의 문장을 다시 타이핑하려니 죽을 맛이겠지만 그게 차라리 낫다. 복사해서 그대로 갖다 붙이는 문장은 객관적으로 볼 수 없다). 고치다 보면 아무래도 처음과는 약간 다른 방향을 택하게 되고, 전체 내용을 타이핑하면 플롯과 인물 단위로 변화가 있을 수밖에 없다. 작품이 개선되는 이 과정에서 분량이 줄고 줄어 초고에서 아무것도 남지 않게 되면 새롭게 시작된 당신의 두 번째 원고는 미리 설계해두었던 대로 더 나은 작품이 되어 있을 것이다.

초고를 쓸 때는 이야기가 꼭 이어지지 않아도 되니 파편처럼 쪼개어 써도 괜찮고, 작품 안에서 자유롭게 움직여도 좋다고 했었다. 하지만 이 단계에서는 이야기가 서로 연결되도록 써야 하고 한 장면을 끝내고 나서 다음 장면으로 넘어가야 한다. 사건을 정확하게 이해하고 인물을 빈틈 없이 구동하고 문장의 완성도를 엄격하게 판단하라. 어떤 장면이 도저히 써지지 않는다면 잠시 쉬면서 그 이유를 생각해보라. 쓰기 어려운 장면이기 때문일까, 애초에 잘못된 장면을 쓰고 있어서일까?

무엇보다 이 단계에서는 쓰고 있는 내용에 맞도록 줄거리를 손봐야 한다. 어느 대목에서든 정해놓은 줄거리를 벗어나면 그 다음에 올 내용에 맞춰 줄거리를 수정해야 한다.

내가 알려준 방식대로 개고를 해 두 번째 원고를 쓰려면 문장, 문단, 장면, 장까지 몽땅 다시 써야 하는데, 솔직히 웬만한 노력으로는 힘든 일이다. 나는 초고와 개고에 걸리는 시간이 거의 똑같다. 초고를 쓰는 데 1년이 걸렸으면 두 번째 원고를 쓰는 데도 1년이 필요하다. 그러나 두 작업의 질은 깜짝 놀랄 정도로 다를 때가 많다. 초고 때와 달리 개고를 거치며 효과적으로 설계된 장면 안에서 인물은 그 어느 때보다 생동감이 넘치고, 사건 또한 더 놀랍고 그럴듯한 인과로 연결된다. 물론 두 번째 원고에서도 초고에서처럼 어떤 가능성을 발견하겠지만, 적어도 지금 쓰고 있는 것에 점차 확신이 쌓여가면서 '내가 지금 뭘 쓰고 있는 거야?' 같은 근본적 혼란은 줄어든다.

소설 작법 강의를 하면서 작가들을 초대해 질의응답 시간을 가졌을 때, 수상을 하거나 베스트셀러를 써낸 많은 작가가 이구동성으로 한 말이 있다. 두 번째 원고는 처음부터 다시 시작해 아예 새롭게 쓴다는 것이다. 나처럼 초고를 바탕으로 두 번째 원고를 쓴다는 작가도 있고, 초고를 두 번 다시 꺼내 보지 않는다는 작가도 있다. 그들은 자신이 이야기를 장악하고 있으며 자신의 최선을 써내는 데 집중할 수 있다는 걸 알기 때문이다.

나도 그들처럼 개고 단계가 내게 대단히 중요하다는 걸 알게 되었다. **늘 두 번째 원고가 완성되고 나서야 비로소 내가 책을 쓰는구나 하는 느낌이 들곤 하니까.** 물론 어렵다. 시간도 많이 든다. 하지만 이게 얼마나 중요한지는 아무리 강조해도 부족하다. 그야말로 환골탈태하는 경험을 할 수 있다. 로버트 보즈웰은 이렇게 말했다. "나는 글을 다듬기만 하려고 쓰는 게 아니다. 이야기가 내 초기 의도에서 나아가 더 복잡하고 낯설어지게, 적어도 지루함을 벗어던지게 만들기 위해 쓴다. 나는 고치면서 매번 바뀌는 각각의 원고를 전환점이라고 부르며 이야기가 새로운 국면을 맞이할 때까지 수정을 멈추지 않는다. 그때쯤 내 원고는 스스로 살아 숨 쉬게 되고, 더는 내 것이 아니게 된다.”

이것이 개고의 목표다. 지금 쓰고 있는 작품이 작가가 원하는 작품이 아닌 작품 스스로가 원하는 유일무이한 작품이 될 때까지, 완전히 살아 숨 쉬는 작품이 될 때까지 고치는 것. 이 목표를 실현하기 위해 내가 찾아낸 가장 확실한 방법이 바로 초고를 처음부터 다시 쓰는 것이었고 개고 단계에서 전하는 내 조언의 핵심이다. 경험에 비추어 보건대, 당신의 진정한 첫 원고는 개고를 통해 탄생할 것이다.

이 책의 첫 번째 원칙

이 책에는 두 가지 원칙이 있는데, 아직 한 가지도 분명하게 언급하지 않았다. 여기 그 첫 번째가 있다. 두 번째 원고, 아니 사실상 내 글쓰기의 모든 과정을 이끌어주는 원칙.

확신이 없을 때는 다듬지 말고 고쳐 쓰라. 내가 지금 고치는 건지 다듬는 건지는 어떻게 구분할까? 단서가 있다.

첫째, 새로 쓴 부분이 있는가?

둘째, 복사해서 갖다 붙인 부분은 없는가?

위 두 질문에 확실히 그렇다고 대답할 수 없다면, 고쳐 쓰라. 그건 다 듬은 것이다. 날 믿으라.

두 번째, 아니 첫 완성이다!

줄거리 수정을 마치고, 초고 옆에서 새하얀 암흑과도 같은 빈 문서에 소설을 다시 쓰기 시작한 지 몇 달이 지나 다시 한 번 도착지에 이르렀다면, 정말 **축하한다!** 당신은 또 해냈다! 가까운 사람들에게 전화를 걸어 두 번째 원고와의 싸움에서 이겼다고 자랑하라. 당신이 속한 소설 스터디나 작가 모임 채팅방에 가장 행복한 표정의 이모티콘을 보내도 좋다. 수고한 자신에게 거하게 한턱내든 가벼운 마음으로 하이킹을 떠나라. 낮잠을 자라. 일상적 삶을 위한 시간과 예술적 삶을 위한 시간을 또 보내라. 뭔가 새로운 것을 만들거나 다른 일을 시도해보라. 다시 원고와 거리감이 생길 때까지!

당신의 첫 독자인 지인에게 글을 보여주기엔 지금이 좋을 수도 있지만 사실 가능하다면 더 기다리는 게 낫다. 지금 그들이 할 수 있는 거라곤 당신의 글을 여러 번 읽어주는 것뿐이다. 미룰수록 더 양질의 피드백을 받을 수 있다. 시간이 더 흐른 뒤라면 이미 작업이 상당 부분 진척됐을 테고, 그땐 제삼자의 객관적 판단이 필요한 부분만 남아 있지 않겠는가.

하지만 기다리지 않는다고 해서 문제가 될 것도 없다. 마지막 원고 작업에 돌입하기 전까지 버티려면 격려가 필요한데, 다른 사람이 당신의 글을 읽고 들려주는 이야기야말로 최고의 격려가 될 수 있다. 그게 필요하다면 망설이지 말고 보여주라.

다만 이 단계에서 글을 읽어달라고 할 때는 문장 단위의 구체적인 피드백을 해달라는 부탁은 하지 않는 게 좋다. 그건 퇴고를 하면서 당신이 해야 될 일이다. 용기를 얻고 도움을 받고 싶다면 그들에게 그저 한 시간만 내어달라고 부탁하면 된다. 그리고 대화하는 동안에는 당신이 말을 하기보다는 상대의 말을 경청하라. 작품의 어떤 점이 마음에 들었는지, 줄거리에서 어느 부분이 가장 좋았는지, 또 인물들은 각자 어떤 부분이 매력적이었는지 그들에게 말할 시간을 충분히 주라. 그들이 주는 가장 큰 선물은 당신이 쓴 이야기가 다른 사람의 머리와 마음에서 살아 움직이는 모습을 볼 수 있게 해준다는 데 있다. 당신은 오랫동안 그 기쁨을 기억하게 될 것이다. 나아가 그 기쁨은 퇴고 작업을 마치고 최종 원고가 손에 쥐어지는 날까지 든든한 버팀목이 되어줄 것이다.

3장

퇴고: 세 번째 원고

아직, 끝이 아니다

이 책의 두 번째 원칙

자, 이제 개고를 마치고 두 번째 원고를 완성했다! 눈앞에 있는 원고는 크게 흠잡을 데가 없을 것이다. 인물들이 구체화됐고 줄거리도 전체적으로 일관성이 있으며, 문장이 술술 읽힌다는 지인들의 반응에 걱정도 말끔히 사라졌다. 이제 뭘 할까?

이 책의 두 번째 원칙을 기억해야 할 때다. **끝내지 말라**. 이제부터 해야 할 일은 가능한 한 오랫동안 이야기 속에 머물며 딱히 흠잡을 데 없는 지금의 원고를 더없이 훌륭한 작품으로 탈바꿈시키는 것이다. '다층적layered 수정'에 관해 말할 것인데, 문제가 있는 부분이나 발전시킬 만한 부분을 한꺼번에 다루기보다 하나씩 순서대로 끝낼 수 있게 작은 단위로 겹겹이 나눠서 수정하는 방법이다. 이렇게 잘게 쪼개어 수정하다 보면 소설은 전체적으로 좋아진다.

따라서 이 장에서는 페이지 위에 작가의 손길이 느껴질 만큼 작품 속에 오래 머무는 방법을 알아볼 것이다. 한두 번에 그치는 것이 아니라 수십 수백 번, 어느 하루 동안의 당신이 아니라 수백 일 동안 글을 써온 당신의 이야기가 나올 때까지.

많은 날의 내가 모여 작품 하나가 탄생하는 거라고 생각하면 우리가 사랑하는 명작을 쓴 작가들이 문득 초인처럼 느껴진다. 언젠가 스마일리가 말한 '형용할 수 없는 풍부함'으로 가득 찬 초인들.

하루 만에 쓰인 '명작'은 없다. 고치고 다듬으면서 당신의 시간을 채워나가라. 순간순간이 모여 작품이 되어 있을 것이다.

모니터로 보는 원고 vs 종이로 보는 원고

지금까지 컴퓨터로만 작업을 했다면 이제는 원고를 종이로 출력해서 손에 쥐고 그 무게감을 느껴보길 바란다. 당신이 쓴 작품의 무게를 느껴보는 것, 거기에 진정한 기쁨이 있다. 작업을 재개할 때도 컴퓨터가 아닌 다른 방법을 활용해보라. 컴퓨터 화면은 스크롤을 해야 해서 가로로 한 줄씩 읽어나가는 게 아니라 위아래로 빠르게 훑어보게 된다. 사람들이 SNS를 할 때 화면을 어떻게 보는지 생각해보라. 스마트폰으로 기사를 읽을 때 당신의 눈과 손은 어떻게 움직이던가?

종이로 출력하면 그렇게 대충 쓱 훑어보고 페이지를 넘기는 일은 없을 것이다. 종이 위에서는 글을 천천히 읽게 되고 단어들을 꼼꼼히 보게 된다. 무조건 이 방식이 맞다는 건 아니지만 종이로 하는 작업이 작품을 완성시키는 데 중요한 역할을 하는 건 확실하다.

물론 MS워드 같은 프로그램이 유용한 건 부정할 수 없다.

덩어리가 큰 문단을 옮기거나 할 때 특히 편리하다(초고 내용을 복사 붙여넣기 하지 말라고 했던 말은 이 단계에서는 더 이상 유효하지 않다). 이야기가 나와서 말인데, 앞으로 내가 제시할 방법 중에 이렇게 특정 도구를 사용하면 더 효과적인 게 있을 것이다. 내 말에 너무 구애받지 말고 본인에게 가장 편리한 도구를 사용하라. 핵심은 작업에 변화를 줄 만큼 '새로운 느낌'을 받는 것이다. 정체돼 있거나 싫증이 나는 것 같을 때 도구를 바꿔보라. 그동안 펜과 종이를 썼다면 노트북과 마우스로 바꿔보고, 그동안 노트북과 마우스를 썼다면 이번에는 펜과 종이를 써보라. 작업의 질감에 변화를 줄 방법을 찾는 것이다. 섣부른 완성을 경계하는 이 지루한 과정을 마치려면 인내심이 필요하다. 작업 도구를 바꾸는 건 인내심을 유지하는 하나의 비결이다.

소리 내어 읽어보자

눈이 볼 수 없는 것을 귀는 듣는다는 말이 있다. 매일 자기 작품을 소리 내어 읽어보는 건 도움이 된다. **소리 내어 읽을 때는 모든 단어를 읽을 수 있기 때문이다.** 눈으로 조용히 훑어보면 육성으로 읽을 일이 거의 없다. 게다가 자기가 쓴 글은 이미 지겨울 정도로 많이 읽었을 테니 평소처럼 쓱 보고 넘기기 마련이다. 그러나 눈으로 읽을 때는 보이지 않던 가능성을 귀는 알아챌 때가 있다. 글이 문자에서 소리로 바뀌어 나오는 것에 집중하면 자기도 모르게 그 의미에 귀를 기울이게 된다.

친구나 동료 작가가 바로 앞에서 글을 낭독해준다면 더 좋다. 온전히 듣는 것에만 집중할 수 있으니까. 특히 손을 주로 써야 하는 이 단계에서 빨간 펜을 쥐지 않은 채 자기 작품을 경험하는 건 멋진 일이다. 애석하게도 그동안 나에게는 내 원고를 기꺼이 읽어줄 만한 사람이 없었다. 아니 애초에 그런 부탁을 할 생각조차 못 했던 것 같다. 그래서 MS워드의 '텍스트 음성 변환 기능TTS(text-to-speech)'을 이용해 그것을 대신했다. 기계 음성이 읽어주는 내 글을 들으며 장거리 운전을 하곤 했다. 물론 그 친구는 음치에 발음도 엉망이라 세상에서 가장 무미건조한 낭독이었지만 말이다.

다루기 쉽게 쪼개서 보자

나는 웬만하면 초고 고유의 멜로디에 우선 귀 기울이고, 후에는 감각에 나를 맡긴다. 문장의 음색이 좋으면 계속 나아가고, 이야기가 지닌 음감이 좋으면 인물과 줄거리 등을 살핀다. 물론 그다음에는 문장들로 되돌아가 그 의미가 분명한지, 말이 되는지 하나하나 확인한다. 아무리 근사한 소리라도 모호한 표현 앞에서는 무의미하기 때문이다. 이처럼 글의 아름다움과 명확성 둘 다 놓치기 싫어서 나는 글을 더 작은 단위로 쪼개곤 한다. 이때 목표는 **글 전체가 아니라 오로지 한 장면, 한 문단, 한 문장 '완벽하게 만들기'다**. 여기서 제안하는 건 전부 이 목표를 달성하기 위한 방법이다. 개인적으로 이걸 좋아하는 이유는 하루에 온전히 해낼 수 있는 작은 목표를 갖고 싶어서이기도 하다.

나는 한 장면이 끝날 때마다 한 페이지를 임시로 비워놓고 그다음 페이지로 넘어가는 방법을 즐겨 쓴다. 그러면 나중에 원고를 출력했을 때 장면의 구분이 용이해 장면을 재배치하고 위치를 섞어서 새로운 순서를 만드는 데 도움이 된다. 어떤 내용을 어떤 순서로 독자에게 전달하느냐에 따라 긴장도가 결정되므로 이야기의 배치를 고민하는 것은 중요하다. 긴장감을 극대화하고 위험 요소를 끌어올릴 수 있는 배치인지, 인과관계를 더 명확하게 보여줄 수 있는 배치인지 고민해보라. 재배치 작업은 줄거리에서 빠진 부분을 찾아내고 그 부분이 어디로 가야 할지 알려주기도 한다.

다루는 단위가 큰 경우에도 한 장면씩 수정하는 건 효과가 있다. 커다란 어떤 장면이나 장이 불완전하다면 한 페이지에 한 문단씩만 옮겨놓고 수정해보라(그게 쌓일 것이다!). 모든 내용이 같은 문서 안에 들어 있기만 하면 된다. 이 방법은 돈 드릴로가 《파리 리뷰》와 했던 인터뷰에서 배웠다. 그는 소설 『이름들The Names』 집필 과정에 대해 이렇게 설명했다. "한 문단을 끝내면 무조건 새 페이지로 넘어가서 새 문단을 시작했다. 한 문단이 세 줄짜리여도 그렇게 했다. 그러다 보니 한 페이지가 글로 꽉 들어차지 않았고 문장은 더 명확하게 보였다. … 페이지 여백 덕분에 내용에 더 집중할 수 있었다."

드릴로는 이 작업을 할 때 타자기를 사용했다고 한다. 상상해보라. 손에 잡히는 종이 위에 타자기로 친 각 문단과 그것들을 둘러싼 흰 여백을. 드릴로가 했던 것처럼 한 문단씩 떼어 모니터에 띄워놓으면 당신의 글도 신기할 정도로 근사해 보일 것이다. 그러고 나서 문단들을 다시 연결해 긴 구절이나 장면, 혹은 장을 만드는 것이다(문단들을 반드시 이어야 한다는 건 아니다. 필요하다면 그대로 쓰라. 한 페이지에 한 문단도 채우지 않은 소설도 많다). 문단 단위로 쪼개는 방식이 성에 차지 않는다면(혹은 고통을 즐기는 편이라면) 문장 단위로 쪼개라. 그렇게 낱낱이 쪼개놓은 다음, 쓸모없는 문장들은 죄다 버리고 남은 문장들만 다시 합치라. 뭔가 새로운 내용이 들어가면 더 좋아질 곳이 있으면 사이사이에 새 문장을 써넣으라.

이 작업을 하고 나면 분명 하기 전에는 알 수 없었던 강력한 무언가를 얻게 될 것이다. 마지막에 다 합쳐봤을 때 처음보다 더 괜찮은 구성이 되어 있다면 성공이다. 장, 장면, 문단, 문장, 단어, 모든 것을 옮길 수 있는 기회는 충분하다. 과감한 재배치만으로 수정의 효과를 낼 수 있는 요소가 얼마나 많은지 알면 놀랄 것이다.

효과적인 장면으로 탈바꿈시키자

장면들이 플롯의 역할을 제대로 하고 있는지 짚고 넘어가야 한다. 이를테면 페이지마다 갈등이 잘 빚어지고 있는지, 해결책은 모색되고 있는지, 골치 아픈 상황이 등장하는지, 등장한다면 잘 풀리는지, 또 그 자리에 새로운 갈등과 문제가 들어서고 있는지 확인하는 것이다. **어떤 일이 벌어지느냐**보다 **그 일이 벌어지는 순간을 얼마나 잘 보여주느냐**가 이제 우리의 숙제다.

따라서 장면들을 최대한 빈틈없이 간결하게 만드는 방법과 각 장면에 담긴 정보를 구성하는 방법을 알아보자. 어떻게 하면 독자가 효과적으로 장면에 들어왔다 나가게 할 수 있을까? 어떻게 하면 독자의 상상력을 자극해 가장 중요한 것을 보여줄 수 있을까?

| 장면의 첫 문단과 마지막 문단 잘라내기 |

2012년, 매튜 세일세스라는 소설가가 어느 웹저널에 「수정하는 달Month of Revision」이라는 글을 실었는데, 놀라우리만치 실용적인 그의 수정 전략을 소개하는 글이었다. 그중에는 한 번도 접해보지 못한 극단적인 방식이 있었다. 얼마나 유용한 기법인지 그때 처음 알게 되었다. "모든 장면의 첫 문단과 마지막 문단을 잘라내라. 그 외의 부분은 신경 쓰지 말고 잘라낸 자리에만 새로운 문단을 채워 넣으라."

글쓰기 수업에서 가장 흔히 듣는 피드백이 떠오르지 않는가? 늘어지는 부분을 정리하라는 조언 말이다. 글쓰기 수업을 들어본 사람이라면 알겠지만, 3페이지쯤에 와서야 겨우 시동이 걸리는 이야기나 임팩트 있는 결말이 나온 뒤에도 좀처럼 끝날 줄 모르는 이야기가 너무 많다.

문단을 싹둑싹둑 잘라낸다니 왠지 무자비한 느낌도 들 수 있다. 겁이 난다면 MS워드의 '변경 내용 추적 기능'을 쓰라. 언제든 원상복구가 가능하므로 과감하게 잘라낼 수 있을 것이다.

첫 문단과 마지막 문단을 쳐냈으면 그 장면을 다시 읽어보라. 위아래를 잘라낸 것만으로 좋아진 장면도 있지만, 더러 잘라낸 부분이 꼭 필요한 대목이었음을 알게 되는 경우도 있다. 따라서 첫 문단과 마지막 문단을 지우고 다시 쓸 때는 처음 쓸 때 미처 파악하지 못했던 그들의 역할을 충분히 이해하면서 쓸 수 있다. 이 기법으로 효과를 봤다면 망설이지 말고 두세 번 더 시도해보라. 몇 번을 반복해도 놀라운 효과는 그대로일 것이다.

| 카메라처럼 움직이기 |

소설 속 장면을 카메라로 촬영하거나 눈으로 따라간다고 가정했을 때 당신 작품은 장면을 어떤 식으로 독자에게 전달하고 있는가? 멀리 줌아웃된 상태에서 시작해 클로즈업하며 서서히 들어가고 있는가? 독자가 따라가기 쉬운 방식으로 묘사가 되고 있는지 봐야 한다. 기본적으로 카메라는 위에서 아래로, 왼쪽에서 오른쪽으로, 큰 피사체에서 작은 피사체로 움직인다. 우리 눈도 마찬가지다. 카메라와 같은 움직임으로 새로운 환경에 대한 정보를 파악한다. 따라서 장면을 일정한 순서 없이 묘사하면 앞뒤가 맞지 않거나 마구 뒤섞여 정리하기 힘들어질 가능성이 크다. 뭘 말하려는지 알 수 없는 난해한 그림이 되고 마는 것이다. 물론 입체파 화가의 그림처럼 이 난해함을 활용할 수는 있다. 만약 이런 의도라면 애초에 의도한 효과라는 사실을 독자에게 분명하게 알려줘야 한다.

| 시공간 전환 표시 |

사건이 벌어지는 시간과 순서 때문에 골머리를 앓는 작가가 많다. 그래서인지 초고를 쓸 때는 흔히들 시간과 순서를 대략적으로 짜놓곤 한다. 나도 배경이 되는 계절이 언제인지 아는 상태에서 초고를 썼던 적이 없다. 그래서 초고를 보면 어떤 장면에선 눈이 내리고 어떤 장면에선 햇살이 눈부시게 쏟아지는 화창한 날씨가 펼쳐지며, 날씨와 맞지 않는 옷차림을 한 인물이 등장하기도 한다. 물론 나중에는 전부 정리하지만.

퇴고 단계에 있는 지금, 시간대 문제는 거의 해결돼 있겠지만(개고 단계에서 정리되었어야 한다), 그래도 독자가 헷갈릴 만한 요소는 없는지 재차 확인하는 게 좋다.

나는 문장 하나하나의 개성을 중시하는 편이라 시간이나 배경을 나타내는 표시를 잘 쓰지 않으려 한다. 그러나 지난 사건 이후 어느 정도의 시간이 흘렀는지를 나타내는 것만큼은 아주 중요하다. 한 장면이 넘어가면서 10년의 세월을 건너뛰었다면 독자는 10분이라는 시간을 건너뛸 때와는 전혀 다른 마음으로 다음 장면을 기대할 것이다.

앤서니 도어의 중편 「관리인The Caretaker」은 보기 드물게 복잡한 소설인데, 라이베리아와 오리건주(정확히는 그사이)를 배경으로 몇 년 동안 일어난 일을 다룬다. 앤서니 도어는 독자가 소설보다 서정시에 가까운 자신의 작품을 문장 하나하나와 구조에 집중해서 읽어주길 바라면서도 소설가로서 해야 할 일은 확실히 하고 넘어간다. 즉, 시공간을 이동하는 데 독자가 어려움을 겪지 않도록 안내하는 일을 소홀히 하지 않는다. 나는 이 책의 앞부분에서 시공간을 나타내는 표현을 찾아서 전부 모아봤다. 사건이 얼마나 오래 지속되는지 나타내는 표현도 간간이 보인다.

"첫 35년 동안… 조셉은 서아프리카 라이베리아의 몬로비아 외곽 비탈진 곳에 무너져가는 작은 집에서 살고 있다."

"1989년 라이베리아는 내전에 빠져들고, 이 내전은 7년간 이어진다."

"1994년 10월에…"

"다음 날 밤…"

"앞으로…"

"한 달 후…"

"몇 분 후…"

"그는 농장 가옥의 바닥에서 깨어난다."

"그는 화학제품 운반선에 올라탄다."

"그는 오리건주 아스토리아에서 내린다."

불과 몇 페이지 만에 얼마나 많은 장소 이동이 이루어지는가! 이처럼 단어 몇 개만 이용해도 작품 속 시공간을 분명하게 표시할 수 있다. 독자들은 이 표시를 무심코 읽고 넘어가겠지만, 효과는 어마어마하다. 사건들의 인과관계를 더 확실히 이해할 수 있고, 서로 다른 시간대에서 다양한 긴장감을 맛볼 수도 있다. 사건과 사건 사이의 빠른 장면 전환으로 쓸 수도 있었던 작품이지만 그렇게 했다면 지금보다 나은 작품이 되었을 것 같지는 않다.

비슷한 예로, 테드 창은 『소프트웨어 객체의 생애 주기』라는 소설에서 앤서니 도어의 작품보다 훨씬 더 긴 시간을 다룬다. 그 역시 사건과 사건 사이에 어느 정도의 시간이 흘렀는지 명확하게 알리는 것에 많은 공을 들인다. 주고받은 메일 목록이나 채팅창이 중심 화자가 되기도 하며 현실에서 가상 세계로 이동하는 이야기 속에서는 무려 수십 년에 이르는 기간을 다루는데, 대부분의 구절을 시간의 흐름을 보여주는 문구로 시작한다. "일 년 안에", "일 년 동안", "일 년 후", "이듬해 일 년 동안", "한 해가 더 지난 후", "또 한 해가 지나서", "2년이 더 지나고 나서"…. 참신함이라고는 찾아볼 수 없는 비슷비슷한 문구들이 아닌가. 하지만 명확하다. 이런 시간 표현을 일일이 주목하고 곱씹는 독자야 없겠지만, 그렇다고 이 작품에서 이들이 맡은 역할이 결코 미미하다고 할 수는 없다.

작품과 맞게 장을 구분하자

장편소설의 경우, 한 장의 분량은 어느 정도가 이상적일까? 아무도 모른다. 하지만 최근 작품에서 보이는 몇 가지 경향을 보면 대략 가늠할 수는 있다. 이 글을 쓰기 몇 달 전에 출간된 책들을 통해 살펴보자. 수전 스타인버그의 『기계Machine』라는 장편소설은 한 장이 10~15페이지 정도다. 어맨다 골드블랫의 『하드 마우스Hard Mouth』는 10페이지짜리 장으로 시작했지만 이어지는 장은 무려 80페이지나 된다. 마거릿 애트우드의 『증언들』에는 4페이지가 전부인 장도 있고 35페이지쯤 되는 장도 있다. 아미타브 고시의 『건 아일랜드Gun Island』는 대체로 10~30페이지 사이를 오가며 말런 제임스의 『흑표범, 붉은 늑대Black Leopard, Red Wolf』는 제일 짧은 장이 12페이지이고 가장 긴 장은 150페이지, 분량이 비슷한 장은 24개가 들어 있다. 보기 드문 경우도 있다. 루시 엘먼의 『오리들, 뉴베리포트Ducks, Newburyport』는 한 장이 천 페이지에 걸쳐 이어진다.

책에 따라 다르겠지만 현대 장편소설은 평균적으로 한 장의 길이가 10~20페이지 정도 되는 듯 보인다. 한 장의 분량이 전반적으로 짧아지는 추세이며, 순문학의 성격이 강할수록 그런 경향은 더 두드러진다. 빅터 라발의 『엿보는 자들의 밤』은 130개의 장으로 이루어져 있는데 그중 상당수가 고작 한두 페이지에 불과하다. 그래서인지 400페이지가 넘는데도 빨리 읽힌다.

나는 다양한 시도를 해본 뒤에 장을 나누는 편이지만 확실한 기준 없이 주먹구구식으로 장을 나누었다고 해도 어떤 방식으로 해왔는지 따져보는 것은 도움이 된다. 그 소설은 왜 그런 구조가 되었는가? 스토리라인은 총 몇 개인가? 주인공이 여러 명이라면 한 명의 이야기를 어느 정도 분량에 걸쳐 풀어야 하며, 다른 주인공은 어느 시점에 등장시켜야 할까?

어쩌면 장의 길이보다 중요한 건 각 장에서 독자에게 던지는 질문의 수준과, 독자가 혼동하지 않고 이야기를 잘 따라오도록 만드는 기술일지도 모른다. 플롯의 복잡함, 문장의 촘촘함, 사건의 임팩트를 고려했을 때 독자가 어디서 한 박자 쉬어갈 수 있을지 고민해보라. 문단과 문단 사이의 한 줄 여백? 아니면 장과 장 사이의 한 페이지 여백? 그렇다면 서사 차원에서 이것들은 어떤 효과를 낼 수 있을까? 어떤 책에서는 휴식이 될 수 있는 여백이 다른 책에서는 충격으로 다가올 수도 있다.

장을 나눌 때는 재배치를 마친 뒤 각 장의 결말부를 다시 확인하는 게 좋다. 초고를 쓸 때 작가들 대부분은 도입부에 많은 힘을 쏟곤 하는데, 아마도 한 장이 마무리될수록 안도감이 밀려오면서 다음 장으로 얼른 넘어가려는 마음이 앞서기 때문인 것 같다. 따라서 장을 나누는 지금이야말로 각 장의 결말이 결말로서 충분한지 확실히 되짚어보고 구조가 변하면서 새롭게 고칠 거리가 생기지는 않는지 살펴보기 좋은 시간이다.

| 문단 구분 표시 없애기 |

최근작에서 내가 마지막으로 한 작업은 문단 구분 표시를 최대한 없애는 것이었다. 여백도 지우고 기호도 다 지웠다(별표나 점이 놓이는 경우가 흔하다). 막바지 수정 작업에서 확인해

보니 쓸데없이 문단을 나눠놓은 경우가 많았고 반드시 필요해 보였는데 다시 보니 없어도 될 것 같은 문단도 많았다. 필요 없는 문단을 지우고 문단 구분 표시를 지우니 끊기는 느낌 없이 훨씬 더 유기적으로 읽혔다.

물론 레나타 아들러의 『스피드보트Speedboat』나 제니 오필의 『사색의 부서』처럼 아주 짧은 문단을 활용해 훌륭한 성과를 거둔 책들도 많다. 만약 그런 책을 쓰고 있다면 계속 문단을 짤막하게 구분해도 좋지만 보다 일반적인 구성의 작품을 쓰고 있다면 내가 했던 것처럼 문단 구분 표시를 없애보라. 하나로 합쳐진 절과 절이 물 흐르듯 자연스레 이어지는 것을 보면 놀랄 것이다. 문단 사이의 명확한 구분이 필요하다면 내용 전환을 위해 짧은 구절 하나만 추가하면 된다. 어색한 구분의 흔적이 감쪽같이 사라진다.

드디어, 문장이다!

마침내 문장 이야기를 할 시간이 왔다. 그런데 궁금하지 않은가? 우리는 왜 이제야 문장 이야기를 하는 걸까? 여기엔 확실한 이유가 있다. 지금까지 우리에겐 더 큰 해결 과제들이 있었기 때문이다.

가령 여러 세대에 걸쳐 전쟁과 배신이 휘몰아치는 대하소설을 쓰면서 마흔일곱 명쯤 되는 인물을 머릿속에 넣고 복잡한 이야기를 풀어내느라 정신이 없어 특정 장면에 나와선 안 될 표현을 썼을 수도 있고, 진부하기 짝이 없는 표현이 불쑥 튀어나왔을 수도 있다. 이야기 차원에서 생각해야 할 게 한두 개가 아닌데 문장에서는 얼마든지 그럴 수 있지 않은가.

하지만 대다수 작가는 초고에서부터 문장에 신경을 곤두세우며, 문장과 거리를 두는 것을 꽤 힘들어한다. 이는 문장 자체의 좋고 나쁨을 '진짜' 작가냐 아니냐의 지표로 삼기 때문이다.

나도 떳떳하지 못하다. 글쓰기의 진정한 기쁨은 페이지 위에서 단어와 문장을 가지고 놀면서 이야기에 생명력을 불어넣는 즐거움이라 여기면서 항상 쓸 수 있는 최고의 문장을 써내려 안간힘을 쓴다. 그러나 어떤 작품이든 많은 내용을 고칠 수밖에 없다는 걸 알기에 (그리고 초고에서 혼신의 힘을 다해 쓴 글도 나중에는 사실상 거의 다 버려야 한다는 걸 알기에) 정돈하는 작업은 나중을 위해 남겨두고 너무 이른 단계에서는 문장에 힘을 쏟지 않으려고 한다.

설령 당신이 한 페이지를 완벽히 끝내야만 다음 페이지로 넘어가는 스타일이라 하더라도 여기서 내가 제안하는 팁 중에 도움이 될 만한 것이 하나쯤은 있을 것이다. 글을 써나가면서 적용해도 좋고, 다른 부분이 거의 다 마무리된 후에 전체 원고를 보면서 적용해도 좋다.

| 서술어 점검하기 |

한 장면씩 읽으며 당신이 선택한 서술어를 살펴보라. 그리고 따져보라. 그게 최선인가? 문장에 생기를 불어넣을 만한 찰떡같은 서술어인가? 너무 평범하고 진부하지는 않은가? 특정 상황에서 대표적으로 쓰이는 서술어라도 좀 더 명확하고 재미있는 것으로 바꾸면 글의 수준이 올라간다.

벤자민 퍼시의 작품은 적절한 서술어 선택이 좋은 효과로 이어지는 것을 보여주는 훌륭한 사례다. 퍼시는 종종 직관적이고 적나라한 서술어를 사용한다. 그는 소설 『레드 문Red Moon』에서 이런 서술어들을 쓴다. 보안요원이 손전등으로 면허증을 '쏘고' 3만 피트 상공에 떠 있는 늑대인간의 공격으로 사람의 목이 '절단되며' 주변이 피로 '장식된다'고 표현한다.

가장 먼저 떠오르는 뻔한 서술어를 쓸 수도 있었을 것이다. 보안요원은 면허증을 손전등으로 '비출' 수 있었고 늑대인간의 공격으로 사람의 목이 '잘릴' 수 있었고 피는 주변에 '튈' 수 있는 것처럼 말이다. 때로는 너무 튀는 서술어가 다소 과해

보일 수도 있지만, 당연하다 싶을 만큼 뻔해 보이는 서술어라면 다른 대안은 없는지 한 번쯤 고민해보라. 서술어는 말 그대로 문장에서 가장 많은 것을 서술하는 단어다. 다채로운 서술어는 문장을 다채롭게 만든다.

기억해야 할 예외가 있다. '말했다'와 '물었다'처럼 대화 장면에서 흔히 쓰이는 서술어는 웬만하면 대표적인 걸 쓰는 게 좋다. 독자가 크게 관심을 기울이지 않으면서도 누가 무슨 얘기를 하는지 혼동하지 않도록 알려주는 중요한 역할을 한다. 특별한 의도가 있는 게 아니라면 대화 장면의 서술어는 기존 것에서 벗어나려 애쓸 필요 없다.

| 생각 서술어 줄이기 |

확실하게 줄일 수 있는 서술어가 또 있다. 인물이 지금 무언가를 생각하고 있음을 나타내는 서술어다. 나는 **생각했다**. 그 남자는 **궁금해했다**. 그 여자는 **이해했다**. 그들은 **깨달았다**. 1인칭 시점일 때는 독자가 이미 주인공의 머릿속에 들어가 있는 상태이므로 웬만해선 이런 서술어가 필요 없다. 앞으로 나올 내용도 어차피 그 인물이 하는 생각의 연장이라는 전제가 깔려 있고 독자도 그렇게 이해한다. 3인칭 제한적 시점, 즉 서술자가 오직 한 인물의 생각과 행동만을 서술하는 시점에서도 마찬가지다. 서술자의 말투와 문장이 밀접히 연관되어 있으므로 생각의 행위를 직접적으로 드러내는 서술어 없이도 생각임을 알 수 있으며 경험이 쌓인 독자라면 더더욱 잘 안다.

비슷한 단어들을 당신의 소설에서 찾아보라('찾기' 기능을 이용하면 더 편리하고). 생각 서술어가 보이면 일단 지우고 그 문단의 나머지 내용을 읽어보라. 서술어를 지우고도 생각하고 있다는 것이 확실히 드러나는 문장이라면 그 서술어는 지우는 게 맞다. 또 생각인지 아닌지 분명하게 드러나지 않더라도 바로 되살리기보다는 생각이라는 게 명확하게 드러나도록 문장을 아예 다시 쓰는 편이 좋다. 생각 서술어는 서술자와 작가 사이에서 경험을 전달하는 역할을 한다. 이를 없애면 독자가 다른 요소의 개입 없이 그 생각을 직접 겪을 수 있다. 그러니 없애는 쪽이 더 강력한 효과를 발휘할 수밖에.

| 감각 서술어 줄이기 |

인물이 무언가를 보고 있음을 나타내는 서술어도 줄이자. 나는 **봤다**. 나는 **쳐다봤다**. 나는 **지켜봤다**. 이런 서술어를 삭제하고, 보이는 대상을 직접 묘사하라. "그는 차가 오고 있는 걸 바라봤다"가 아니라 "차가 오고 있다"로 바꾸라. 앞서 말했듯 1인칭 시점에서 독자는 이미 서술자의 머릿속에 있다. 서술자와 같은 시선을 공유한다. 따라서 이야기에서 묘사하는 것은 전부 그들이 이미 보고 있는 대상이다. 3인칭일 때도 다르지 않다. 독자는 인물 바로 옆에서 그들이 보는 것을 본다.

보는 행위를 나타내는 서술어를 다 찾았다면 이번엔 듣는 행위를 나타내는 서술어도 찾아보라. 이것도 마찬가지다. "그는 개가 짖는 소리를 들었다"를 "개가 짖었다"로 바꾸라. 이야기의 전개 속도가 빨라지고 불필요한 서술을 한 겹 걷어내 독자가 더 직접적으로 그 소리를 '들을' 수 있다.

다른 감각 서술어도 얼마든지 줄일 수 있다. 감각 서술어가 생동감을 자아낼 때도 있지만 가능하다면 이미지, 소리, 맛, 냄새, 느낌을 직접 묘사하는 게 좋다. 문장이 더 간결하고 속도감 있어지면서 세세한 감각까지 독자에게 곧장 전달할 수 있다.

| 상태 서술어 줄이기 |

상태 서술어 역시 줄이면 얻는 게 더 많다. 상태 서술어는 현재 그 상태가 진행되고 있음을 나타내는데, 꼭 필요한 경우가 아니라면 진행을 강조하는 것은 문장을 늘어지게 만들 뿐이다. 예를 들어, "우리는 괴물과 싸우고 있었다."는 "우리는 괴물과 싸웠다."로 바꾸는 것이 낫고 "사과를 깎고 있는 그의 손"보다는 "사과를 깎는 그의 손"이 훨씬 더 간결하다. 아니면 아예 다른 서술어로 바꾸는 방법도 있다. "호텔에 새로운 단서들이 숨겨져 있었다."를 "호텔에서 새로운 단서들이 모습을 드러냈다."로 바꾸는 것이다.

상태 서술어를 대체할 만한 다양한 형태를 찾다 보면 글을 새롭게 볼 수 있는 기회가 생긴다. 개선의 여지가 있는 부분을 개선해나갈 길도 열린다. 거듭 말하지만 반드시 필요한 경우도 있으니 이를 몽땅 없애버리는 게 목표가 아니다. 사족은 지우고 강렬한 문장을 만드는 것이 우리 목표다.

| 문장과 문단의 길이에 변화 주기 |

초고 챕터에서, 문단과 문장 그리고 장면의 길이에 급격한 변화를 주라고 제안했던 것을 기억하는가. 변화의 순간이 주는 기회를 포착하라고 했다. 이 단계에서도 비슷한 방식을 시도해보라. 원고를 넘기면서 길이나 형태가 지나치게 비슷한 문장 혹은 문단이 나오는 페이지를 찾아 다시 고쳐보라. 길고, 복잡하고, 여러 개의 절로 뒤엉켜 있고, 여기저기 찍혀 있는 수많은 쉼표 때문에, 툭툭 끊어지기 일쑤인 (지금 이 문장 같은) 문장 대신, 더 단순하고 간결한 문장으로 정리하면 어떻게 되는지 살펴보라. 이렇게 느닷없이 마침표를 찍어도 될까 싶을 정도로 간결한 문장을 써보는 것이다.

문장의 길이나 형태가 너무 비슷하다면 이야기가 아닌 그저 사건 차원에서만 글을 쓴 건지도 모른다. 독자를 이야기에 빠져들게 만들 만한 건 남김없이 찾아야 한다. 문장의 다양성은 그중 하나다.

다만 때에 따라서는 정확히 같은 길이의 문장이나 문단이 극적인 효과를 낳을 때도 있다는 것을 기억해두자.

| 문장 구조 탐구하기 |

버지니아 터프트는 『문장 기교Artful Sentences』에서 문장 차원에서 존재하는 가능성을 깊이 탐구했다. 그 과정에서 생소한 용어도 몇 가지 등장하는데 '좌분지 문장left-branching sentence'이 특히 그렇다. 좌분지 문장이란 앞쪽으로 뻗어 나오는 가지, 그러니까 수식어구가 붙는 문장을 일컫는다. 그 반대는 뒤쪽에 부연 설명이 붙는 '우분지 문장right-branching sentence'이다. 좌분지 문장은 핵심 내용이 결정적으로 드러나는 순간을 뒤로 미룬다. 레너드 가드너의 『팻 시티Fat City』에서 이를 잘 살펴볼 수 있다.

> 지칠 대로 지쳐 묵사발이 된 얼굴들, 흉터가 남은 뺨과 목들, 일그러지고 패이고 뭉개지고 부어오른 코들, 빠진 치아들, 부러지

고 남은 갈색의 치아 뿌리들, 텅 빈 잇몸들, 까칠하게 자란 턱 수염들, 주전자 주둥이를 닮은 입술들, 펄럭거리는 귀들, 상처들, 딱지들, 담뱃잎으로 갈색이 되어 질질 흐르는 침들, 구부정한 어깨들, 잔뜩 찌푸린 눈썹들, 지치고 절망적이고 멍한 눈들이 센터 스트리트의 불빛 아래에서 주마등처럼 스쳐 갈 때 툴리는 코가 부러진 청년을 보았다. 툴리에게 그 청년은 낯설지 않아 보였다.

결국 이 문장의 핵심은 "툴리는 청년을 보았다"는 것이다. 하지만 망가진 남자들 무리를 묘사한 수식어로 인해 문장은 한참 동안 이어진다. 툴리는 그 무리 안에서 자신의 눈에 들어온 한 청년을 끄집어냈다. 길지만 훌륭한 문장이다. 작가가 이 문장을 어떻게 만들었는지 내 식견으로는 알 길이 없지만, 우분지 문장이었다면, 즉 수식이 아닌 부연이 뒤따랐다면 어떤 모습이었을지 가늠해볼 수는 있다. "툴리는 코가 부러진 청년을 보았다. 툴리에겐 그 청년이 낯설지 않아 보였다." 이런 내용이 먼저 나오고 그 후에 다른 이들의 신체 부위를 묘사하는 문장이 길게 이어졌을 것이다. 물론 이 문장도 나쁘지는 않지만 저 문장만큼 시선을 사로잡지는 못한다.

나는 이런 책들로 문장 연습을 한다. 방법은 앞에서 내가 줄

곧 이야기했던 것과 비슷하다. 글이 막히거나 지루하게 느껴질 때 이런 책들을 꺼내 그동안 생각지 못했던 문장 형태를 발견할 때까지 읽는 것 그리고 다시 내 글을 훑어보면서 그것을 적용할 부분이 있는지 찾아보는 것이다. 썼던 문장을 고칠 때도 있고 아예 새로운 문장을 쓸 때도 있다. 평소 닮고 싶었던 작가의 문체로 쓰인 작품이라면 무엇이든 좋다. 거기서 소스를 얻으라. 그 작가의 문장이 당신의 문장에 어떤 도움을 줄지 아무도 모른다.

| 너무 빤한 단어 조합 피하기 |

진부하다는 말조차 지겨운 단어 조합이 있다. 누구나 쉽게 떠올릴 수 있는 이 문구들은 대놓고 뭐라 하는 독자가 없더라도 피하는 게 좋다. 고리타분하고 기계적인 글쓰기를 부추기기 때문이다. 나는 가능하면 이미 여기저기서 많이 쓰여 낡아버린 표현은 피하려 하는데, 이처럼 판에 박힌 단어 조합도 그중 하나다. 오랫동안 한몸처럼 붙어 지내서 아무런 이질감 없이 이제 그냥 한 단어처럼 보이는 표현들. 나는 문장 안에 이런 게 있으면 아무래도 내 것이 아니라는 생각이 들어 하나만 눈에 띄어도 다른 조합으로 대체하려고 노력한다. 남의 것을 빌려 쓴다는 느낌이 덜 드는 조합으로.

대표적으로 다음과 같은 것들이 있다. 이외에도 많으니 한 번 직접 찾아보길 바란다.

꽉 쥔 주먹clenched fists	떨리는 손shaking hands
촉촉한 눈가water eye	굳게 다문 입술pursed lips
칠흑같은 어둠pitch black	풀려버린 다리weak knees
눈부신 빛bright white	번지는 미소infectious grin
요동치는 심장racing hear	날카로운 시선sharp gaze
조각 같은 외모chiseled features	의미심장한 미소rakish grin
타오르는 불길roaring fir	살을 에는 추위bitter cold

실감 나는 대화의 비밀

대화는 누구나 능수능란하게 다루고 싶어 하는 만큼 애를 먹는 요소이기도 하다. 특히 초고에서는 더 힘들다. 그나마 다행인 건 대화 장면은 비교적 쉽게 눈에 띈다는 것이다. 자, 그러니 이제 원고를 훑어보면서 아래에 나오는 방법들을 이용해 대화만 손보는 시간을 가져보자.

| 직접 대화 vs 간접 대화 vs 대화 요약 |

직접 대화란 작가가 **인물 간의 대화를 독자에게 그대로 전달하는 것**이다. 반면 간접 대화는 인물의 말을 그대로 전달하는 게 아니라 **대화의 핵심만 전달하는 것**이며, 대화 요약은 말 그대로 비교적 **긴 대화를 요약해 전달하는 것**이다. 대화를 쓸 때 세 유형을 어떻게 섞어 쓰는지, 왜 그 유형을 그때 사용하는지 잘 생각해보라. 브런치 모임 약속을 정하기 위해 주고받는 긴 대화를 굳이 직접 대화를 통해 보여줄 필요는 없다. 반면 살인사건의 실마리가 보이는 결정적 자백의 순간은 독자가 대화를 주고받는 장면을 직접 봐야 한다. 다시 말해 단순히 정보 전달이 목적일 때는 대화를 요약해 최대한 압축하는 게 좋지만, 독자가 이미 알고 있는 정보를 인물의 입을 빌려 재차 알려주는 건 무의미하다. 어떤 인물이 다른 인물에게 새로운 정보를 줄 때도 마찬가지다. 예를 들어 "형사는 도축장에서 알게 된 사실을 반장에게 전했다"라고만 해도 대화 내용을 보여주기에 충분하다. 이후부터는 반장이 질문을 던지거나 새로운 정보를 던져주기만 하면 된다.

문장의 길이를 다르게 만들어 문체에 변화를 주듯, 대화 방식 역시 다양하게 활용하면 글을 짜임새 있고 신선하게 만들 수 있다. 찰스 유의 SF 단편 「표준 외로움 패키지Standard

Loneliness Package」에 나오는 구절을 보자. 딥이라는 인물이 감정 전달 소프트웨어의 기능을 설명하는 대목이다.

"좋습니다, 그러면 고객님들한테는 개인 회계담당자를 시켜서 예약을 잡으라고 하죠."

딥은 '좋습니다, 그러면'으로 말문을 여는 버릇이 있었다. 엔지니어들을 보고 배운 습관이었다. 그렇게 말하면 더 똑똑해 보이고 엔지니어처럼 보일 거라 생각해서다. 그 컴퓨터 광들은, 커피자판기 옆에서 입만 열면 전문용어와 논리로 무장한 말을 내뱉거나 딥이 따라가지 못할 만큼 속사포로 사소한 지식과 농담을 쏟아내곤 했다. 딥은 기회만 생기면 엔지니어들 근처에 서서 커피잔에 설탕을 휘젓는 척하며 마치 처음 듣는 언어인 양 그들이 떠들어대는 얘기를 엿듣는 걸 좋아했다. 뭘 좀 아는 사람들의 언어. 전문가의 언어. 시간 수당을 받고 일하는 사람들을 능가하는 언어.

좋습니다, 그러면, 하고 그는 예약한 시간에 고객들에게 이식된 칩의 스위치를 켜 그들의 의식을 전달하겠다고 말했다. 인식, 감각 데이터, 모든 것을. 좋습니다, 그러면, 하고 그의 말이 끝나면 맨 먼저 중간 서버에서 데이터가 가공되고 다른 일들이 추가된 후 엄청난 정보 덩어리가 이쪽으로 순식간에 넘어온다.

그걸 우리 서버로 내려받은 뒤 대기행렬 관리 시스템에 넘겨주면 이 시스템은 일을 나눠 사육장 같은 칸막이 안에서 근무하는 우리 모두에게 분배해준다.

첫 문단은 딥의 말을 페이지에 위에 그대로 옮긴 직접 대화다. 두 번째 문단은 대화가 아니라 딥이 평소 어떻게 말하는지, 왜 그렇게 말하게 되었는지 설명하는 내용이며 세 번째 문단은 딥의 말에서 "좋습니다, 그러면"만 그대로 옮기고 나머지는 그가 말한 내용의 핵심만 전하는 간접 대화다. 대화 표식인 "좋습니다, 그러면"을 이전 두 문단에서 가져온 덕분에 더 짜임새 있어진 것을 확인할 수 있다. 대화 유형을 능숙하게 전환하는 작가의 솜씨를 볼 수 있는 대목이다. 대화를 압축해 효율성이 더해진 것은 물론이고, 한 가지 대화 유형만 사용했다면 기대하기 힘들었을 풍성한 문체와 톤으로 정보를 전달한다.

대화 요약은 간접 대화보다 내용을 더 압축하는데, 문체나 톤도 가져갈 수 있다. 돈 드릴로의 『이름들』에 나오는 다음 구절은 대화 요약을 통해 말다툼 내용을 거의 다 전달한다. 상처뿐일 게 분명한 어리석은 대화 내용은 빠르게 넘기고 표현에 더 공을 들였다는 것을 알 수 있다.

다툼은 길고 치사했으며 자연스럽게 뚝뚝 끊기곤 했다. 거리에서 테라스로, 테라스에서 집으로 장소를 옮기며 이어지다가 결국엔 폭발했다. 그런 싸움은 옹졸함과 악의, 집에서 오고가는 맹렬한 비난, 합의된 폄하를 빼면 남는 게 거의 없다. 상대를 비롯한 모든 것을 깎아내리는 것, 이게 핵심 같았다. 아내 말로는 그런 게 결혼이란다. 살짝 건들기만 해도 폭발할 정도로 화가 치밀었지만 우리가 행동으로 보여주고 말로 내뱉을 수 있는 분노는 이렇게 상대를 험담하고 그것을 맞받아치는 게 전부였다. 우리는 말발마저 형편없었다. 둘 다 상대의 기를 확실하게 죽이는 방법을 몰랐다. 누가 기선제압을 하느냐는 중요해 보이지 않았다. 이런 말다툼에는 그만의 어떤 것, 다시 말해 쟁점과는 동떨어진 힘 같은 게 있었다. 감정이 올라오고, 망설이다가, 끝내 목소리가 커지고, 크게 소리 내 웃고, 흉내를 내고, 다음에 하려던 말을 잊지 않으려고 애쓰다가도, 속도를 조절하며, 최후의 선은 넘지 않았다. 시간이 흐를수록 우리는 이러한 이유로 알아서 자연스럽게 끝날 때까지 싸움을 끝내지 않게 되었다.

새롭고 강렬한 효과를 위해 관습적인 대화 유형을 뒤집을 수도 있다. 레어드 헌트의 장편 『디 임파서블리The Impossibly』의 첫 번째 장에서 두 죽마고우는 저녁으로 칠면조 요리를 사 먹기 위해 외출을 한다. 이들은 칠면조 요리만 판다면 어느 식당이라도 들어갈 참이었지만 그걸 찾는 게 여간 힘든 일이 아니라는 것을 알고 있었다. 추수감사절도 아닌 평소에 칠면조 요리를 파는 식당이 몇 군데나 있겠는가? 그 장면은 이렇게 시작한다.

11월 말의 추운 밤이었다. 존은 칠면조가 먹고 싶다고 했다. 칠면조를 먹으려면 무슨 작전이라도 있어야 한다고 말했더니, 그는 나만 괜찮다면 자기는 얼마든지 그럴 생각이 있다고 했다. 나도 마찬가지였다. 우리는 작전을 짰다. 재미있는 밤이었다….

"아뇨, 죄송합니다. 저희는 칠면조 요리를 팔지 않습니다."

또 다른 남자 종업원이 말했다. 흰 셔츠에 검은 조끼를 걸치고 머리에 기름을 많이 바른 남자였다.

"그래도 칠면조가 있긴 하잖아요?"

"아뇨, 저희 식당엔 칠면조가 없습니다, 죄송합니다."

"아, 진심으로 죄송하신 건 믿겠는데, 이 식당에 칠면조가 없다는 건 믿을 수가 없네요. 대체 왜 없는 건가요?"

"손님, 저희는요, 칠면조가 없어요. 더 드릴 말씀도 없고요."

"칠면조가 없는 이유만 알고 싶을 뿐이에요."

"그만 나가주시죠."

"…."

우리는 결국 작전대로 했고, 방금 그 소통 비슷한 것을 하고 난 뒤에 칠면조 요리가 나왔다. 우연인지 몰라도 식당 냉장고에 칠면조 고기가 조금 있었다. 칠면조를 다 먹어가고 있을 때쯤 우리 둘 다 이게 정말 칠면조가 맞나 싶었지만, 존의 손에 싱크대에 머리가 처박힌 그 남자가 칠면조가 틀림없다고 열과 성을 다해 항변하는 데다 고명도 그럴듯하게 곁들여 있어서 우리는 크게 불평하지 않았다.

작가는 뚝뚝 끊기는 직접 대화로 문장을 시작해 대화 요약으로 이어나가는데, 뒤이어 일어난 폭행에 관한 설명은 대부분 생략한다. 둘은 그 폭행 덕에 종업원이 '칠면조'라고 주장하는 고기를 먹을 수 있었지만 불의의 공격을 받아 싱크대에서 익사할 뻔했던 종업원의 사연은 긴 문장 사이에 있는 듯 없는 듯 자리하고 있어서 독자가 그 내용을 못 보고 지나칠 수 있을 정도다. 여기서는 이렇게 특이한 방식으로, 진부한 대화는 굳이 직접 대화로 들려주고 정작 그 대화 이후 일어난 중요한 사건에 관해서는 눈에 띄지 않게 요약한다. 이렇게 한 덕분에 낯설고 당혹스러운 순간이 만들어진 것이다. 두 친구의 나쁜 행동이 얼마간 웃음을 끌어내는 역할도 하고.

| 대화는 경쟁이다 |

눈치채기 어렵겠지만 소설에서(어쩌면 인생에서도) 대화는 일종의 경쟁이다. 소설 속 인물들은 대화할 때 자신의 목적을 관철하려는 의도를 감춘다. 정보를 얻어내고, 상대방을 설득하고, 재밌거나 섹시하거나 용감해 보이려는 목적이 있어도 그것을 대화에서 드러내지 않는다. 따라서 대화를 고치는 단계에서 각 대화에 어떤 의도가 숨어 있는지 분석해봐야 한다. 이 장면에서 인물이 원하는 것은 무엇인가? 원하는 바를 얻기 위해 그들은 어떤 말까지 내뱉을 수 있는가? 그들은 다른 사람의 요구에 마지못해 동의하고 있는가, 아니면 반대하며 맞서고 있는가? 대화가 진행될수록 긴장감은 어떻게 고조되는가? 대화를 복잡하게 만드는 요소는 무엇이고 반전이 일어나는 대목은 어디인가?

또 기억할 것이 있다. 사람은 누구나 자기 속내를 드러내지 않으려 하고, 상대방 이야기는 듣지 않고 자기 이야기만 하려는 경향이 있어 늘 말할 차례가 돌아오기만을 기다리며 종종거리곤 한다. 이야기 속 대화가 현실에서의 대화와 완전히 똑같을 수는 없지만, 그나마 더 현실적으로 보이게 하려면 (그것이 목표라면) 다른 사람이 말할 때 한 귀로 흘려듣는 우리의 태만과 반항심을 모방하는 것도 한 방법이다.

때로는 대화를 교묘하게 잘라내는 방식으로 독자의 시선을 사로잡을 수도 있다. 크리스틴 슈트는 『성공한 친구들Prosperous Friends』이라는 장편에 관해 이렇게 말했다. "지난 5년 동안 유용하게 써먹은 팁이 있다. 인물들이 맘껏 수다를 떨게 내버려 둔 뒤 다음번 원고에서 두 줄에 한 줄꼴로 삭제하는 것이다. 그러면 신기하게도 대사가 더 생동감 넘치고 새로워진다." 지나치게 무겁고 부자연스러운 대화가 답답하게 느껴질 때는 이 방법도 시도해볼 만하다. 만약 대화가 두 페이지 분량이라면, 나는 다시 쓸 필요 없이 대화만 삭제해가며 분량을 절반으로 줄여보려 할 것이다. 나중에 당연히 내용을 조금 수정해야겠지만 그래도 이렇게 하면 인물들이 너무 속 보이게 말하거나 상대방의 질문이나 비난에 지나치게 솔직하게 반응하는 상황을 걷어내기 수월하다. 모호하게 얼버무리거나 화제를 돌리려는 태도가 드러나 사실적인 느낌이 강해지고 긴장감과 갈등도 고조된다.

| 대화 시 불필요한 행동 줄이기 |

설득력 있는 대화를 위해 넘어야 할 산은 대화를 둘러싼 행동이다. 당신의 소설 속 인물은 말을 하면서 어떤 행동을 하는가? 초고에서는 단순히 대화의 분량을 채우기 위한 행동으로 넘쳐나는 경우가 많다. 한숨, 웃음, 끄덕임을 남발한다든지 미간을 찌푸리거나 이마에 주름을 잡는 행동들. 이런 행동을 대화와 무관하게 사용하는 건 그나마 괜찮지만, 대화와 함께 쓰면 자칫 작가가 더 잘 어울리는 행동을 찾지 못했다고 광고하는 꼴이 될 수 있다. 나는 이렇게 불필요한 행동을 최대한 줄일 방법을 고민하고 그 자리에 더 효과적인 행동이나, 대화를 실감나게 만들어줄 고유의 몸짓 같은 걸 집어넣으려 한다.

인물의 말에 숨어 있는 감정은 세세한 정보나 행동으로 보여주어야 한다. "당신을 영원히 사랑할 거야"라고 하면서 바닥을 응시하고 있는 남자의 사랑은 진심이 아닐 수 있고, 마피아 보스 앞에서 벌벌 떨면서 자백하는 사람은 진술 내용이 아무리 디테일해도 강압에 못 이겼을 가능성이 크다.

첫 문단과 마지막 문단을 잘라내라고 했던 걸 기억할 것이다. 만약 그렇게 했다면 삭제한 내용을 모아둔 파일을 열어(이것도 기억할 것이다!) 이전에 썼던 내용에서 한숨, 웃음, 끄덕임처럼 자리만 차지하는 불필요한 행동을 대체할 만한 다른 행동이 있는지 찾아보라. 의외로 잘 들어맞는 행동이 있을 것이다.

형광펜을 써야 할 시간이다

퇴고 작업이 후반부에 이르면 원고를 출력한 후, 형광펜을 색깔별로 준비하라(이건 화면이 아닌 종이로 할 때 훨씬 더 만족스럽다). 그리고 아래 항목별로 색을 한 가지씩 골라 원고를 분석하면서 그다음 단계로 나아가자.

| 설명 |

무언가를 설명하고 있는 문장을 전부 형광펜으로 표시하라. 간단한 설명이야 가끔 필요하지만, 지금 벌어지는 사건 혹은 특정 장면에서 독자가 느껴야 할 감정을 매번 자세히 설명하고 있다면 둘 중 하나일 가능성이 크다. 사건이 한눈에 들어오지 않아 독자 혼자서는 도무지 이해하기 어렵거나, 충분히 이해할 수 있는데도 필요 이상으로 자세하게 설명하고 있거나. 전자의 경우라면 그 부분을 다시 써야 하고 후자의 경우라면 긴 설명은 지워버리고 장면만 남겨두어야 한다. 장면이 설명을 대신할 수 있도록. 설명은 지지대다. 95퍼센트가 그렇다. 퇴고가 끝날 때쯤이면 당신 소설 속 장면은 지지대 없이도 혼자 힘으로 서 있을 만큼 강해져야 한다.

| 배경 이야기 |

배경 이야기가 나오는 문장도 전부 표시하라. 그리고 자신에게 한번 물어보라. 독자가 소설을 이해하는 데 꼭 필요한 이야기인가? 작가가 알고 있어야 해서 들어간 게 아닌가?

배경 이야기가 필요 이상으로 들어가는 소설이 많다. 그러다 보니 모든 인물의 심리가 그들의 개인사, 즉 배경에 따른 결과로 쉽게 처리되어 넘어간다. 인물에게 정신적으로 상처가 되었거나 인물의 성격에 영향을 미쳤던 경험을 먼저 보여주고 나서, 지금 벌어지는 모든 일에 인물이 보이는 반응은 전부 그러한 경험 때문이라는 식이다. 이러면 충분히 색다른 모습을 보여줄 수 있는 입체적 인물도 평면적 인물에 그치기 쉽고, 복합적인 인물로 그리려던 작가의 의도도 퇴색되기 마련이다. 차라리 **인물을 이해하기 어렵게 만드는 배경 이야기가 십중팔구 더 효과가 좋다.**

배경 이야기가 턱없이 부족할 수도 있지만, 그런 경우는 드물기 때문에 딱히 걱정이 되지는 않는다. 회상 장면을 많이 쓰지 않고 여기까지 왔다면, 오히려 좋다. 굳이 늘릴 필요 없다. N. K. 제미신의 소설들, 그중에서도 특히 『십만 왕국The Hundred Thousand Kingdoms』과 『다섯 번째 계절』은 잘 쓴 배경 이야기가 어떤 건지 보여준다. 『십만 왕국』은 줄거리가 전개되면서 자연스럽게 드러나는 경우를 빼면 배경 이야기가 거의 나오지 않고, 한꺼번에 쏟아지는 회상 장면도 손에 꼽을 정도다. 주인공은 조사를 하다가 자신의 가족사와 자신이 살아온 세계의 실상을 깨닫는데 이것도 긴장감이 고조된 대화나 가끔 떠오르는 환영을 통해 드러나고, 이 환영조차 갈수록 불가사의해진다. 복잡한 배경 이야기와 허구 세계에 대한 설명을 어떻게 흐름을 끊지 않고 처리하는지 보여주는 훌륭한 사례다.

| 가장 약한 문장 |

각 문단에서 가장 약한 문장에 표시하라. 이 작업은 시간이 좀 걸릴 테고 들인 시간에 비해 썩 유쾌하지 않을 수 있지만 분명 그만한 가치가 있다! 표시를 다 한 뒤에는 두 가지 할 일이 있다. 첫째, 형광펜으로 표시했던 약한 문장들을 전부 삭제할 것. 둘째, 그 문장 없이도 충분히 설득력을 가지는지 판단해 볼 것. 대개는 크게 지장이 없을 것이다. 가장 약한 문장(특히 이미 수십 번 고쳐봤으나 도무지 나아질 기미가 안 보이는 문장)은 언젠가는 주변의 문장들이 역할을 대신할 수밖에 없기 때문이다. 뭔가 찜찜한 기분이 들더라도 삭제한 문장을 계속 만지작거리며 고민하지 말고 그 자리에 새로운 문장을 써 넣으라.

조금 응용해서 가장 약한 문장 대신 가장 약한 구절만 찾아내 삭제하는 방법도 있다. 문장을 삭제하는 것에 비하면 간단하지만 효과는 못지않게 강력하며, 너무 복잡하거나 너무 빨리 혹은 늦게 나오는 문장도 찾아낼 수 있다.

| 가장 강력한 문장 |

이번에는 각 문단에서 가장 강력한 문장을 표시하라. 그리고 이 문장이 다른 문장보다 왜 강력한지, 나머지 문장을 비슷한 수준으로 끌어올리려면 무엇이 필요한지 생각해보라. 결국엔 모든 문장이 힘을 가져야 한다. 최고의 문장이 어느 정도인지 확인하고 나머지도 그만큼 강력하게 만들 방법을 고민해보라.

| 감동을 주는 부분 |

형광펜을 이용한 마지막 작업은 깨끗한 출력본으로 할 때 최고의 효과를 낼 수 있다. 독자가 된 것처럼 최대한 긴장을 풀고 편안한 상태에서 읽다가 다시 봐도 가슴을 울리는 문장이다 싶으면 그 부분을 표시하라. 정서적으로, 지적으로, 도덕적으로, 미학적으로도 아름다워 가슴이 철렁하는 느낌, 우리가 좋은 책을 처음 읽을 때 받는 그런 느낌이 드는 부분에 표시하는 것이다.

당신은 당신 소설을 처음 읽는 게 아니다. 이미 수백 번은 읽은 구절도 있을 것이다. 장담컨대, 그래도 여전히 당신에게 감동을 주는 대목은 있다. 그 감동을 당장 분석하지는 말고 표시만 해두라.

마지막 장까지 다 읽었으면 처음으로 되돌아가서 그 부분만 읽어보라. 소설을 붙들고 그토록 긴 시간을 보냈는데도 형광펜으로 표시한 그곳들은 여전히 당신의 가슴에 커다란 울림을 줄 것이다. 자신이 쓴 책에 이토록 마음이 동할 수 있다는 것, 얼마나 큰 기쁨이자 경이로운 일인가! 그 기분을 오래 만끽하라. 그런 다음 다시 찬찬히 살펴보라. 왜 감동했을까? 자신이 쓴 글 앞에서 어떻게 그런 반응이 나올 수 있었을까?

여기서 자신에게 두 가지 질문을 던져보자.

첫째, 수정하면서 이렇게 감동을 받은 순간이 또 있나?

둘째, 장 하나를 다 읽을 때까지 미약한 떨림도 느끼지 못했다면 장면에 문제가 있는 걸까?

이미 수없이 읽었을 테니 스스로는 답을 알고 있을 것이다. 자신에게 솔직해진 후에 다음으로 넘어가라.

모양을 이리저리 바꿔보자

이제 모니터에 떠 있는 당신의 글을 보기만 해도 넌더리가 날 것이다. 짧으면 수개월, 길면 수년째 똑같은 문서를 쳐다보고 있으니 왜 아니겠는가. 질리지 않는 게 오히려 이상하다. 나도 워드를 하도 오랜 시간 띄워 놓고 있으니 전원을 꺼도 모니터 화면에 그 잔상이 남는다. 번인 현상이라 하는 건데, 작업 시간이 평소보다 길어지는 퇴고 막바지가 되면 내 눈에까지도 이 현상이 나타나곤 한다.

지루함을 없애자고 여기까지 와서 쓰던 프로그램을 바꾸라는 것은 아니다. 시야에 생동감을 불어넣는 방법은 충분히 많다. 우선 폰트를 바꾸는 방법이 있다. 폰트가 바뀌면 행 구분도 덩달아 바뀌면서 글이 새롭게 보인다. 페이지 여백을 조정하는 방법도 있다. 이것도 효과는 폰트 변경과 비슷하다. 하다못해 화면 확대/축소 비율만 살짝 바꿔도 작품이 '달라' 보일 수 있는데, 이 역시 글을 새로운 시각으로 볼 수 있는 기회를 제공한다. 비율을 조정하면서 한번은 문서를 25퍼센트 정도로 축소해놓고 소설의 형태를 살펴보라. 문단이 짧아서 가늘어 보이는 부분이 있는가? 반대로 문단이 몇 페이지에 걸쳐 있어 두꺼워 보이는 부분이 있는가? 이렇게 설정해놓고 보면 소설이 어느 지점에서 균형을 잃었는지 알 수 있다. 당신이 쓴 소설이 이런 모양이라는 것도 알 수 있게 된다. 소설의 형태를 파악해 개선할 기회를 만드는 것이다.

나무를 봐야 할 때도 있고 숲을 봐야 할 때도 있다. 할 수 있는 방법을 모두 동원해 시간 날 때마다 당신의 소설과 교감하라. 모든 관점에서 작품을 바라보게 될 때까지.

독자가 원하는 건 당신의 논리가 아니다

모든 소설에는 저마다의 고유한 논리가 있다. 이 논리는 사건들의 인과관계뿐만 아니라 인물을 움직이게 하는 동기, 상징체계, 주제를 발전시키는 방식, 소설이 던지는 질문에 답하는 방식까지 포함한다. 많은 소설이 그렇듯 당신도 초고에서는 이 논리의 상당 부분을 명쾌하게 드러냈을 것이다. 이는 소설을 쓰면서 작가인 당신의 논리를 철저하게 따진 결과다. 사건이 의미하는 바를 알기에 그 사건을 설명해준 것이며, 모호한 말을 하는 인물의 진짜 의도를 알기에 작가로서 확실한 답을 제시해준 것이다. 그러니 이쯤 왔으면 당신의 웬만한 논리는 거의 다 작품에 반영되었다고 봐도 좋다.

안타깝지만 바로 이게 문제다. 독자가 원하는 건 당신의 논리가 아니기 때문이다. 단편적 사실에서 어떤 결론을 도출해내고 특정 행동의 동기를 파악하고 이 장면과 저 장면을 잇고 비밀을 파고들어 밝혀내는 일, 독자는 이 모든 일을 직접 하길 원한다. 따라서 글 속에 작가의 논리를 남겨두면 독자를 방해하는 꼴이 될 뿐이다. 읽는 즐거움을 빼앗는 행위나 다름없다.

이렇게 생각하라. 당신은 작품의 논리라면서 당신의 경험을 기록해놓은 것이다. 당신이 이야기 안에 들어가 있는 동안 생각하고 느끼고 발견했던 모든 경험을. 이제 그 기록을 지워야 한다. 그래야 독자가 이야기 속을 혼자 거닐며 그들만의 경험을 할 수 있다.

형광펜으로 노골적인 설명과 꽉꽉 들어찬 배경 이야기를 줄이면서 작가의 논리도 얼마간 잘려나가긴 했다. 이제 그것을 문장으로 은근하게 구현하는 방법을 찾아보자.

다음은 토니 모리슨의 『술라』 중반부에 나오는 구절로 주인공 술라가 오랫동안 떠나 있던 고향으로 돌아가는 장면이다.

> 술라는 울새 떼를 거느리고 메달리온으로 돌아갔다. 가슴 부분에 고구마 빛을 띠는 새들, 부르르 몸을 떠는 그 작은 새들이 사방에서 보이자 흥분한 아이들은 평소처럼 반기기는 커녕 공

격적으로 돌변해 돌팔매질을 해댔다. 울새 떼가 어디서 왜 왔는지 아는 사람은 아무도 없었다. 사람들이 아는 건 울새 똥을 밟지 않고는 아무 데도 갈 수 없다는 사실이었다. 게다가 울새 떼가 근처를 날아다니거나 죽기라도 하는 날에는 빨래를 널거나 잡초를 뽑거나 현관 계단에 앉아 있기도 힘들었다.

궁금증이 폭발하는 흥미로운 구절이다. '울새 떼'의 의미는 무엇인가? 술라는 어디에서 왔고, 왜 돌아왔는가? 작가는 이 세 가지 의문점을 한 문단 안에 놓고 연결 지으면서도 직접 설명하는 문장은 만들지 않는다. 분명 자세히 설명할 수도 있었을 것이다. 토니 모리슨이라 생각하고 당신이 한번 설명을 붙여봐도 좋다. 어렵지 않은가? 어떤 문장이든 '왜냐하면'을 붙여보면 알 것이다. 그 순간 문장이 망가진다는 것을. 설명은 반감을 심어주기만 한다. 해설이나 다름없기 때문이다. 작가는 술라의 귀향과 울새 떼의 연관성을 노골적으로 설명하지 않고 해석을 독자의 몫으로 남겨둔다.

당신 작품에서 작가의 논리라는 것이 단박에 드러내는 표시를 찾으라. '왜냐하면' 같은 접속사가 대표적이다. '왜냐하면'은 나올 때마다 앞 내용에 대한 설명이 뒤따르기 때문이다(이 문장에서처럼). 이런 식으로 사용되는 접속사는 대부분 두 문장을 이어주며 명쾌한 논리적 관계를 완성시킨다. 그 관계를 끊는 방법을 찾아야 한다. '그리고'와 '그러나'도 마찬가지다. 이들은 두 문장이나 절을 논리적으로 연결시킨다. 이 연결을 잘 끊으면 작가의 논리로 이어진 둘이 약간의 간극을 만들어내고 독자의 마음은 그 사이에서 불꽃처럼 튀어 오른다. 책을 읽을 때 독자가 즐기는 것은 논리적 감각이다. 그 감각을 빼앗기는 순간 독자는 말없이 고개를 가로젓는다.

잘라낼 수 있는 건 모조리 잘라내자

나는 글을 쓰다가 어느 시점에 이르면 잘라내도 되겠다 싶은 내용은 전부 잘라낸다. 필요 이상으로 많은 내용을 써놓고 조금씩 줄여나가는 '오버라이터overwriter'라서 그렇다. 무겁고 늘어지는 글에 군살을 덜어내 탈바꿈시키는 이 단계는 글을 쓰는 동안 내가 믿는 구석이 되었고, 나는 이 순간을 즐거운 마음으로 기다린다. 나말고도 이런 작가는 많다. 언젠가 조지 손더스는 「대황Sea Oak」이라는 35페이지짜리 단편을 두고 100페이지가 넘는 분량에서 "마음에 들지 않는 내용을 전부 잘라내고 남은 것"이라고 말했다. 글을 쓰기 전에는 화가였다는 수전 스타인버그도 글이나 그림이나 작업 방식은 비슷하다며 "처음엔 페이지(캔버스)에 많은 것을 담지만 거의 다 긁어내거나 줄이게 된다. 그러다 보면 내가 하려던 말에 도달한다." 윌리엄 버로스는 "200페이지짜리 책을 출간했다면 그 책은 원래 600페이지였다고 보는 게 맞을 것"이라고 했다.

잘라낼 때는 이것저것 따지지 말라. 없는 게 상상조차 되지 않는 내용, 제 기능을 하며 이야기를 발전시키는 내용만 남아야 한다.

잘라냈다고 완전히 버림받는 게 아니니 걱정하지 말라. 당신의 노력은 헛되지 않았다. "없앤 페이지들도 어떤 식으로든 작품 속에 남아 있다"고 엘리 위젤은 말했다. "200페이지를 쓰겠다고 마음먹고 쓴 200페이지짜리 책과, 원래는 800페이지였던 책이 줄어서 200페이지짜리가 된 책은 차이가 있다. 600페이지가 그 안에 남아 있다. 눈에 보이지 않을 뿐."

자신의 글이 잘려나간다는 사실을 받아들이기 힘들다면 방송 쪽 일은 당신과 맞지 않을 수도 있겠다. 드라마 〈부통령이 필요해Veep〉에 대한 기사의 한 대목에서는 "전형적인 30분짜리 TV 코미디의 경우 편집되지 않은 원본 영상은 12시간에서 25시간 정도 분량이다. 그런데 〈부통령이 필요해〉는 한 장면에 너무 많은 공을 들인 탓에 원본 영상이 무려 50시간에서

80시간에 이른다."라고 말한다. 30분짜리 영상을 위해 80시간 분량의 필름을 썼다는 건, 소설로 치면 300페이지짜리 소설을 위해 4만8천 페이지를 썼다는 얘기다.

소설에서도 전혀 없는 얘기는 아니다. 테이아 오브레트는 두 번째 장편 『인랜드Inland』가 나올 때까지 얼마나 많은 글을 써야 했는지 설명했다. "휴지통에 버린 게 1400페이지였다. 망했구나, 싶었다. 그러다 문득 그런 생각이 들었다. 이건 그냥 하나의 과정일 뿐이야. 여기저기 문을 열어보고 빈 방의 문은 닫으면서 복도를 계속 걸어가고 있는 중인 거야."

『인랜드』는 386페이지다. 작가는 책 한 권을 쓰기 위해 다섯 권을 쓴 셈이다. 듣기만 해도 진이 빠지는데 실제로는 어땠을지 감도 오지 않는다. 하지만 가끔은 이렇게 해야만 끝나는 일도 있다.

내 경우, 첫 장편의 원고는 500페이지에 달했는데 출판사에 넘길 때는 약 300페이지, 출간할 때는 250페이지로 줄었다. 두 번째 장편은 출간할 때 280페이지 정도였지만, 원래 분량은 그 두 배였으며 삭제한 분량만 330페이지에 이르렀고, 최근작인 『애플씨드』는 편집자에게 보낼 때 520페이지였는데 그것도 두 달 전에 100페이지를 삭제한 결과였다. 자잘하게 덜어낸 것들은 물론 빼고 하는 얘기다. 나는 최종본을 읽을 때마다 엘리 위젤이 한 말을 뼈저리게 실감한다. 아무리 내 책의 독자라 한들 나만큼 그 말에 공감할 수는 없을 것이다. 들어낸 배경 이야기와 설명, 합치는 과정에서 사라진 인물들, 편집실 바닥 어딘가에 떨어졌을 세세한 정보들을 모두 기억하는 장본인인 나만큼 말이다.

그러나 내가 버린 모든 내용을 기억은 하되 그리워하지는 않는다. 남아 있는 내용이 내 소설이다. 내 독자에게 필요한 건 그것뿐이니까.

조금만 더 해보자

이제 고지가 눈앞에 보인다! 천신만고 끝에 목적지에 다다른 지금, 당신의 소설은 굉장히 좋아졌을 것이다. 할 수 있는 최선의 결과물이 나왔을 수도 있다. 이제 어딘가에 출품할 수도 있고 출판사에 투고해볼 수도 있다. 지인에게 읽어달라고 부탁해도 된다. 모두 지금 당신의 작품을 작품으로 즐길 것이다. 그렇기에 여기가 가장 힘든 단계다. 지칠 대로 지쳤을 테고, 글이라면 진절머리도 날 테고, 글만 아니라면 무엇이든 좋으니 당장 손을 털어 끝낼 준비가 되었을 것이다.

하지만 안 된다. 아직 끝이 아니다. **끝내지 말라. 아주 조금, 더 남았다.** 프랜신 프로즈는 이 단계에 대해 이렇게 말했다. "모든 단어를 시험대에 올려 살릴지 말지를 판단하라. 수식어를 바꿔보고, 불필요하게 뒤따르는 문장을 잘라내고, 쉼표를 없애보고 넣어보기를 반복하라." 여기서 끝내버린다면 이제 고칠 기회는 영영 없을지도 모른다.

마지막 세 가지 방법은 한 번만 더 돌아가 글을 살펴보길 바라는 마음에서 제안하는 것이다. 군더더기 없이 소설을 완성하길 바라면서. 원고를 또 들여다보는 게 죽기보다 싫겠지만, 이 세 가지 방법이라면 한두 주는 더 버틸 수 있을 것이다. 단언컨대, 작품이 얻을 이점을 생각하면 한두 주쯤이야 고생할 만한 가치가 있다.

자, 드디어 **당신의 문장을 완벽하게 만들 시간**이 됐다. 포기하긴 이르다.

| 족제비 단어 찾기 |

내 담당 편집자가 '족제비 단어weasel words'라는 표현을 알려줬다. 이 표현은 시어도어 루즈벨트에 의해 유명해져 소설가 스튜어트 채플린의 단편소설에서 처음 등장했다. 채플린의 익살스러운 정의에 따르면 족제비 단어란 "껍데기는 그대로 두고 안에 든 달걀만 쏙 빨아 먹는 족제비처럼, 주변 단어들의 생명을 빨아먹는 단어"다. 이걸 내 식대로 해석해보자면 좋은 문장을 생각하지 않을 때 쓸 수 있는 모든 단어, 그러니까 한마디로 여기저기 다 붙여볼 수 있는 두루뭉술한 단어다. 족제비 단어는 기대기 편한 작은 목발이지만, 좋은 문장을 쓰는 데 드는 수고와 위험을 감내하기보다는 키보드 위의 손가락이 멈추지 않게 해줄 뿐인 땜빵용 단어이기도 하다. 그래서 빼버려도 티 하나 안 나는 무의미한 단어도 있고, 더 나은 단어로 바꾸면 좋을 단어도 있다.

당신 작품에도 있을 족제비 단어들을 몇 가지 소개한다. 저마다 쓸모가 있겠지만 바꿀 수 있다면 바꿔보길.

마침내finally	드디어at last	갑자기suddenly
꽤quite	항상always	그러니까then
엄청난enormous	종종sometimes	또again
심지어even	그중of the	그래도still
일단once	약간little	처럼like
무언가something	단지just	겨우merely
거의almost	아마maybe	분명surely
이상한strange	어쩌면perhaps	매우very
듯하다seem	생각하다think	이해하다understand

궁금하다wonder	깨닫다find	끄덕이다nod
알다know	보다see	웃다grin

이런 단어에 지나치게 의존하는 버릇을 고치기 위해서 나는 워드의 '찾아 바꾸기' 기능을 이용해 한 단어씩 한꺼번에 삭제한다. 이렇게 하면 삭제할 때마다 한 번 더 고민해볼 수 있다. 대체어가 적절한가? 나머지는 그대로 둬도 될까? 이 단어가 들어 있던 문장을 고쳐야 하는 건 아닐까?

이미지의 강렬함을 누그러뜨리는 족제비 단어도 있다. 확실한 느낌의 "그는 거인이었다"에 비해 "그는 거인 같아 보였다"는 한 발 뒤로 물러선 듯한 느낌을 주면서 이미지를 모호하게 만든다. 앞서 살펴봤던 생각 서술어와 대화를 둘러싼 행동 중에서도 족제비 단어가 있으며, 몇몇 단어는 '거대한 거인'처럼 의미가 중복되기도 한다. 극적인 상황에서 남발하는 경우도 많다. 나는 편집자로 일하면서 '마침내'와 '갑자기'로 미어터질 것 같은 원고를 수없이 읽었다. 더 극적으로 만들어보려는 잘못된 시도다. 책 한 권에서 '마침내' 일어날 수 있는 일이 얼마나 많겠는가?

남용한 단어들을 조금 더 찾아봐도 좋다. 이상한 단어를 너무 자주 쓰고 있지는 않은지, 뜻밖의 단어를 남발하고 있지는 않은지, 특정 표현에 지나치게 의존하고 있지는 않은지 살펴보라. 족제비 단어 목록처럼 자신만의 목록을 만들어 수정에 적용해보면 막바지에 이른 지금도 걸리는 문장이 많다는 걸 알게 될 것이다. 뜻하지 않게 반복되는 단어도 발견하게 될 것이다. 작가는 자기도 모르게 아주 튀는 단어를 반복하곤 한다.

| 자투리 행 끌어올리기 |

원고를 마지막까지 끌고 가는 또 다른 방법은 각 문단의 자투리 행을 찾아 모조리 없애는 것이다. 자투리 행이란 문단의 마지막 줄에 달랑달랑 매달려 있는 한두 단어를 가리킨다.

나는 팸 휴스턴의 짧은 작법 에세이에서 이 요령을 알게 됐다. 휴스턴은 자신의 장편 『내용물이 움직일 수 있습니다 Contents May Have Shifted』 속 문장이 이전에 썼던 어떤 문장보다도 견고해지길 바랐다며 다음과 같이 말했다.

> 열다섯 번째 원고까지 와서 이게 마지막이라는 확신이 들었을 때, 몇 주 동안은 오로지 자투리 행을 끌어올리는 작업만 하리라 마음먹었다. 문단의 끝에서 한두 단어가 다음 행으로 넘어갈 때마다 어떻게 하면 그걸 윗줄로 끌어 올릴 수 있을지 고민했다. 물론 원고의 배치와 실물 책의 배치가 다르다는 사실은 알

고 있었지만, 나는 문장들에게 이렇게 말해준다고 생각했다. "넌 지금 전혀 군더더기가 없는 상태라고 생각하겠지. 뭐, 사실 맞아. 그래도 조금 더 해보자고."

그의 말처럼 자투리 행과 덩그러니 놓인 '외톨이 자'는 당신의 의지와는 상관없이 순전히 제멋대로 거기 있는 거지만, 그것들을 없애려면 더는 고칠 게 없다고 생각한 문장을 다시 놓고 힘든 선택을 해야 한다. 할 수 있다. 당신이라면 분명 또 잘 해낼 것이며 마지막 이 문장들이 소설을 개선시킬 것이다.

휴스턴은 250쪽 분량의 원고에서 자투리 행을 끌어올리는 데 넉 달이 걸렸고, 넉 달 동안 17쪽 분량을 줄였다고 한다. 안 그래도 군더더기 없었을 원고를 더욱더 탄탄하게 만든 것이다. 나는 이 작업만 하면서 그렇게 오랜 시간을 보낸 적은 없지만, 할 때마다 거짓말처럼 글이 좋아져 매번 감탄한다. 단순하지만 내가 정말 좋아하는 요령이다. 꼭 마지막 단계가 아니어도 시도해볼 수 있어서 어느 때보다 글이 지긋지긋하다 싶을 때 다른 원고를 쓴다는 생각으로 해보기도 좋다.

중간중간 자투리 행을 올리는 게 이제 습관이 된 나는 맨 마지막에 폰트를 바꿔 달라진 본문 배치로 한 번 더 책을 훑어보면서 새로 생긴 자투리 행을 끌어올리며 원고를 정리한다.

| 큰 소리로 축하의 낭독을 하라 |

나는 원고를 출판사에 보내기 전에 마지막으로 내 소설을 읽어본다. 이때는 독자의 눈으로 읽는다. 내가 만든 이야기를 즐기고, 내가 끝낸 작업에 한껏 뿌듯함을 느껴보고 싶기 때문이다. 이 순간이 지나면 머지않아 이 작품의 주인은 내가 아닌 다른 사람이 될 것이다. 친구, 가족, 편집자, 홍보담당자, 서점 주인, 평론가 그리고 나랑 일면식도 없고 대부분은 앞으로 만날 일도 없을 수많은 이름 모를 독자들. 소설을 내 손에서 떠나보낼 무렵이면 나는 분명한 사실 하나를 떠올린다. 그동안 내가 만든 세계에서 내 인물들과 살아온 유일한 사람은 다른 누구도 아닌 나 자신이었음을.

아무리 마지막이라 해도 자기 소설을 읽는다는 건 여전히 힘든 일이라는 걸 안다. 그래서 대충 훑어보게 될 수도 있다. 이때 한 가지 방법이 있다. 자신에게 책을 읽어주는 것이다. 가능하면 크게 소리 내서. 이러면 내키지 않아도 모든 문장과 단어를 하나하나 곱씹을 수밖에 없고 그 시간 동안 글 안에 머무르게 된다. 당신이 쓴 소설, 그것도 공들여 완성한 최상의 원고를 느끼고 보고 읽고 들을 수 있다는 것, 이것이야말로 당신의 소설을 독자에게 선물하기 전에 자신에게 줄 수 있는 완벽한 선물이다.

결론

고쳐서 바뀌는 건 이야기만이 아니다

고치고 또 고친다는 건 한마디로, 결국 고치면서 소설을 완성하게 될 거라는 의미다. 언젠가는 소설이 완성되는 날이 오지만 그때는 고칠 수 없는 것들이 많다.

소설을 시작하고 계속 써나가며 최상의 형태로 만드는 것, 엄청난 노력이 아니고서는 이룰 수 없는 성취다. 내 능력으로는 더 이상 어떻게 할 수 없을 정도까지 나를 밀어붙여 목표에 도달하면 녹초가 되는 동시에 뿌듯함이 느껴질 것이다. 심지어 어안이 벙벙하기까지 하다. 얼마간은 이런 느낌에 푹 빠져 지내라. 이 순간이 오기까지 머리를 쥐어짜고 인내심을 쏟아붓지 않았던가. 당신은 이 순간을 누릴 자격이 충분하다.

내가 좋아하는 문구 중 하나인데, 글 쓰는 삶에 대해 제인 스마일리가 한 말이다. "당신은 일과 보상, 둘 중 하나는 좋아할 것이다. 일을 좋아하면 인생이 훨씬 쉬워진다." 나는 쓰는 일을 진심으로 좋아한다. 이 책에서 내가 당신에게 알려준 방법이 내가 쓰는 것을 포기하지 않도록 만들어주었고 계속 쓸 수 있게 해주었으며 글 쓰는 과정 자체를 아름답게 만들어주었다. 당신도 그런 즐거움을 느꼈길 바란다. 그리고 글 앞에 앉아 있는 동안 당신에게 일어났던 일, 거기에서 했던 생각, 거기에서 받았던 느낌, 거기에서 이뤄낸 성취가 소설을 쓰는 모든 시간 중 가장 기억에 남으리라는 사실을 알았으면 한다.

당신의 앞날에 성공이 기다리길, 소설가로서 당신이 품었던 모든 꿈이 실현되길 바란다. 동시에 당신이 끝낸 작업이 더없이 소중해지길 바란다. 책으로 출간되거나 상을 받거나 백만부 이상이 팔리는 소설을 '완벽한' 소설이라고 한다면, 우리가 아무리 많이 고친다 해도 완벽해지긴 힘들다. 그러나 소설을 쓴다는 게 어떤 의미인지 하나라도 깨달은 바가 있다면, 당신은 이미 소설을 쓰면서 얻을 수 있는 건 다 얻은 셈이다.

최고의 보상은 소설을 쓰는 동안 바뀐 당신이다. 당신은 이미 그 보상을 받았으며 이제 아무도 빼앗을 수도 보탤 수도 없다. 이 점을 기억하라.

끝으로, 내가 제안한 방법 중 도움이 된 것이 있다면 앞으로도 계속 도움이 되면 좋겠다. 무엇보다 고치고 또 고치는 습관이 몸에 배면 분명 글쓰는 모든 순간을 즐길 수 있게 될 것이다. 따로 무언가를 하지 않아도 일상과 어우러져 당신의 글은 괄목상대할 만큼 좋아질 것이다.

대부분은 소설을 쓰려고 이 책을 샀을 것이다. 이 책에 나온 방법들로 소설을 완성했다면 소설을 쓰기 위해 할 수 있는 건 전부 한 것이다. 그 사실 하나만으로 노력을 들인 가치가 있다. 당신은 최선을 다했고, 당신이 쓴 소설이 그걸 증명할 것이다. 차마 말로 다 할 수 없는 이 기쁨을 최대한 오래 느끼라.

그리고 이 모든 걸 새롭게 시작하기로 마음먹을 그날을 준비하라.

지은이 | 맷 벨Matt Bell

소설가이자 교육자로, 글을 쓰고 가르치는 일을 한다. 최근작 『애플씨드Appleseed』로 2021년 뉴욕타임스 '주목할 만한 책'에 선정되었으며 이외에도 장편소설 『스크래퍼Scrapper』, 『호수와 숲 사이, 진흙 위의 집In the House upon the Dirt Between the Lake and the Woods』 등으로 각종 매체에서 큰 인기를 끌었다. 현재는 애리조나주립대학교에서 문예 창작을 가르치고 있다.

옮긴이 | 김민수

한국외대 사학과 졸업 후 광고대행사, 음반사, 영화사에서 근무하다가 현재는 번역에 매진하고 있다. 옮긴 책으로 『위대한 작가는 어떻게 쓰는가』, 『식탁과 화해하기』, 『죽음을 이기는 독서』, 『플라톤, 구글에 가다』, 『개인주의 신화』 등이 있다.

REFUSE TO BE DONE

내 글이 작품이 되는 법

퇴고의 힘

그 초고는 쓰레기다

펴낸날 초판 1쇄 2023년 6월 16일
초판 2쇄 2023년 7월 23일

지은이 맷 벨

옮긴이 김민수

펴낸이 이주애, 홍영완

편집장 최혜리

편집2팀 이정미, 박효주, 문주영, 홍은비

편집 양혜영, 장종철, 김하영, 강민우, 김혜원, 이소연

디자인 윤신혜, 박아형, 김주연, 기조숙, 윤소정

마케팅 최혜빈, 김태윤, 연병선, 정혜인

해외기획 정미현

경영지원 박소현

펴낸곳 (주)윌북 **출판등록** 제 2006-000017호

주소 10881 경기도 파주시 광인사길 217

전화 031-955-3777 **팩스** 031-955-3778

홈페이지 willbookspub.com

블로그 blog.naver.com/willbooks **포스트** post.naver.com/willbooks

트위터 @onwillbooks **인스타그램** @willbooks_pub

ISBN 979-11-5581-616-5 (03800)

· 책값은 뒤표지에 있습니다.

· 잘못 만들어진 책은 구입하신 서점에서 바꿔드립니다.